二十首情诗

和 一首绝望的歌

〔智利〕巴勃罗·聂鲁达 著
陈黎　张芬龄 译

Veinte poemas
de amor

y una canción
desesperada

南海出版公司

新经典文化股份有限公司
www.readinglife.com
出　品

目录 | Contents

二十首情诗

和一首绝望的歌

Veinte poemas de amor
y una canción desesperada

1924

1

女人的身体，白色的山丘，白色的大腿，
你委身于我的姿态就像这世界。
我粗犷的农人的身体挖掘着你，
并且让儿子自大地深处跃出。

我曾孤单如隧道。群鸟飞离我身，
而夜以其强大的侵袭攻占了我。
为了存活，我锻造你如一件武器，
如我弓上之箭，如我弹弓上的石头。

但报复的时刻已到临，而我爱你。
肌肤的身体，苔藓的身体，贪婪而坚实之奶汁的身体。
啊，乳房之杯！啊，迷离的双眼！
啊，阴部的玫瑰！啊，你缓慢而悲哀的声音！

我的女人的身体，我将固守你的美。
我的渴望，我无尽的苦恼，我游移不定的路！
流动着永恒渴望，继之以疲惫，
继之以无穷苦痛的黑暗的河床。

2

光以其濒死的火焰包裹你。
出神而苍白的送丧者，如是站着
背对那些在你周围旋转的
夕阳的古老螺旋桨。

一语不发，我的朋友，
独自在这死亡时辰的孤寂里
而又充满火的活力，
毁灭的白日纯正的继承者。

一束阳光落在你深色的衣裳。
夜巨大的根茎
突然从你的灵魂生长出，
藏在你体内的东西又重现于外，
一个苍白的蓝色民族，刚从你
那里生出，如是获得滋养。

啊，臣服于黑色与金色轮旋的圆圈，
伟大，丰饶而有磁性的女奴：

挺立，奋力，完成如此活跃的创造

以致花朵纷落，而自己充满悲哀。

3

啊，松树林的辽阔，破裂的涛声，
缓慢的光之游戏，孤寂的钟，
霞晖落进你的眼里，玩具娃娃，
陆上的海螺，大地在你体内歌唱！

众河在你体内歌唱，我的灵魂逸入其中
如你所愿，流向你想要去的地方。
请用你希望之弓对准我的去路，
我将在迷乱中释出我一束束的箭。

在我的四周，我看到你雾般的腰身，
你的静默驱赶我那被追捕的时光，
你和你透明石头般的双臂，是我的
吻抛锚而我潮湿的欲望筑巢之处。

啊，你那神秘的声音，被爱染色且加倍
增长于一边回响一边消逝的黄昏！
如是在深沉的时刻里，我看见田野上
麦穗在风的嘴巴里弯身摇曳。

4

早晨满是风暴
在夏日的心中。

云朵漫游如一条条道别的白色手帕，
风用其旅人的双手挥动它们。

无数颗风的心
在我们相爱的寂静里跳动。

在树林间如管弦乐，神圣地鸣响，
仿佛一种充满战斗与歌的语言。

以快速的偷袭劫走枯叶且让
鸟群跳动之箭偏离了方向的风。

将她推倒在无泡沫之浪，无重量之
物质，以及斜倾之火中的风。

她众多的吻爆裂并且沉落，
在夏日之风的门口搏斗。

5

为了使你听见我，
我的话语
有时细得
如同沙滩上海鸥的足迹。

项链，醉酒的铃铛，
献给你葡萄般光滑的手。

我望着自己在远方的话语。
它们更像是你的。
它们如常春藤般攀爬上我的旧痛。

它们如是攀爬上潮湿的墙壁。
你是引发这血淋淋游戏的罪人。
它们纷纷逃离我阴暗的巢穴。
你充满一切，充满一切。

它们比你更早居住于你所占据的孤独，
它们比你更习惯我的悲伤。

现在我要它们说出我想对你说的，
让你听见我要你听见的我的话。

苦恼之风依然卷走它们一如往昔。
梦的飓风有时仍然将它们推倒。
在我痛苦的声音里你听见其他声音。

古老嘴巴的哭泣，古老哀求的血。
爱我吧，伴侣。别弃我。跟随我。
跟随我，伴侣，在这苦恼的波上。

但我的话语被你的爱染上颜色。
你占据一切，占据一切。

我要把它们编成一条无尽的项链
献给你白皙，葡萄般光滑的手。

6

我记得你去年秋天的模样，
灰色的贝雷帽，内心一片平静。
晚霞的火焰在你的眼里争斗。
树叶纷纷坠落你灵魂的水面。

你像蔓生植物紧缠我的两臂，
树叶收藏你缓慢平静的声音。
惊愕的篝火，燃烧着我的渴望。
甜美的蓝色风信子，弯向我灵魂之上。

我感觉你的眼睛在漫游，秋天已远去：
灰色的贝雷帽，鸟鸣以及房子般的心——
我深深的渴望朝那儿迁徙，
我的吻落下，快乐如火炭。

孤帆上的天空，山丘下的阡陌：
你的记忆由光，由烟，由平静的水塘组成！
你的眼睛深处燃烧着千万霞光。
秋天的枯叶绕着你的灵魂旋转。

7

倚身薄暮，我把忧伤的网
撒向你海洋般的眼睛。

那儿，在最高的篝火上我的孤独
蔓延燃烧，溺水者一般挥动臂膀。

我向你茫然的眼睛发出红色讯号，
你的眼睛涌动如灯塔四周的海水。

我遥远的女人，你只保存黑暗，
你的目光中不时浮现恐惧的海岸。

倚身薄暮，我把忧伤的网
撒向那拍击你汪洋之眼的大海。

夜鸟啄食初现的星群
星光闪烁如爱恋着你的我的灵魂。

黑夜骑着阴暗的马奔驰
把蓝色的花穗撒遍原野。

8

白色的蜜蜂，你在我灵魂中嗡嗡响着，因蜜陶醉，
你飞旋在烟雾缓慢的螺旋里。

我是绝望者，是没有回声的话语，
一个一无所有，也拥有过一切的人。

最后的缆索，你牵系着我最后的渴望。
你是我荒地上最后的玫瑰。

啊，沉默者！

闭上你深深的眼睛。夜在那里振动翅膀。
啊，裸露你那胆怯的雕像般的身体。

你的眼睛深深，在那里夜扑打着翅膀。
清凉的花的手臂，玫瑰的膝头。

你的乳房像白色的蜗牛。
一只阴影的蝴蝶来到你的腹部入睡。

啊，沉默者！

这里有因你的缺席造成的孤独。
下雨了。海风追猎着流浪的银鸥。

水赤着脚走在潮湿的街上。
树叶，像病人般，抱怨那树。

白色的蜜蜂，你不在，却在我灵魂中嗡嗡响着。
你在时间中复活，纤瘦而沉默。

啊，沉默者！

9

陶醉于松香和长长的吻里，
夏日，我驾驶着玫瑰的快帆，
弯身向纤瘦日子之死亡，
根植于我水手的坚实狂热。

苍白且被我贪婪的水所捆住，
我巡航于裸露的气候的酸味里，
依然披戴灰衣与苦涩的声音，
和一顶被弃的浪花悲伤的头盔。

被激情鼓舞，我骑上我唯一的浪，
戴月，披日，或烫，或冷，突然间
睡着于幸运岛屿们的喉间，
它们洁白、甜美，如清凉的臀部。

在潮湿的夜里，我以吻织成的衣裳
颤抖着，疯狂地被电流所激，
英勇地分裂成诸般梦境
与醉人的玫瑰，践实于我身。

逆流而上，在外围的波浪当中，
你平行的身躯被我的双臂系住
像一条与我的灵魂无限贴合的鱼，
又快又慢，在天空下的活力里。

10

我们甚至失去了这个黄昏。
今天下午没有人看见我们手牵手
当蓝色的夜降落世上。

从我的窗户我看见
远处山上西天的狂欢会。

有时像一枚钱币
一片太阳在我两手间燃烧。

我忆起你，我的心被你
所熟知的我那悲伤所挤压。

那时，你在哪里?
在哪些人中间?
在说些什么?
为什么全部的爱会突临我身
当我正心伤，觉得你在远方?

总是在黄昏时拿起的那本书掉落地上，
我的披风像一条受伤的狗在我脚边滚动。

你总是，总是在下午离去
走向黄昏边跑边抹掉雕像的地方。

11

几乎在天之外，半个月亮
停泊在两山间。
旋转、漂泊的夜，眼睛的挖掘者。
让我们看有多少星星粉碎在池塘里。

它在我的眉间画下一个哀悼的十字，逃离。
蓝色金属的锻炉，无声战斗的夜晚，
我的心转旋如疯狂之轮。
从远处来的女孩，从如此远处被带来，
她的目光有时在天空下闪耀。
牢骚，风暴，愤怒的旋涡，
不停地在我的心上穿过。
墓地之风运送、破坏、驱散你慵懒的根。

在她另一侧，大树一棵棵被连根拔起。
但是你，明晰的女孩，烟与穗的疑问。
你是风用发亮的叶子制成的东西。
在夜间群山后面，燃烧的白色百合，
啊，我无言以对！那是万物的混合。

将我的胸膛一片片切开的渴望啊，
是走另一条路的时候了，在那儿，她不会微笑。
将群钟埋葬的风暴，暴风雨浑浊的骚乱，
为什么现在要碰她，为什么要让她悲伤。

啊，走那条远离一切的道路，
没有苦恼、死亡、冬天在那儿拦截，
在露水中睁开它们的眼睛。

12

有你的胸部，我的心已足，
有我的翅膀，你的自由已足。
在你灵魂上沉睡的东西
将从我的嘴巴升到天上。

每日的幻想都在你身上。
你的到临如露水滴在花冠。
你用你的缺席掏挖地平线。
像波浪一般，永远逃逸着。

我说过你在风中歌唱，
仿佛松树，仿佛船的桅杆。
你像它们一样高，一样无言，
并且突然伤感，如一次旅行。

你像古道般收容事物。
你充满回声与乡愁之音。
我醒来，在你灵魂里沉睡的
鸟群不时迁徙并且逃离。

13

我用火的十字在你身体的
白色地图上做标记。
我的嘴巴像一只躲躲藏藏的蜘蛛：
在你身上，在你身后，胆怯又渴望。

在黄昏的岸边说给你听的故事，
悲伤而温柔的娃娃，好使你不再悲伤。
一只天鹅，一棵树，遥远而欢乐的事物。
葡萄的时光，成熟与果实的时光。

我住在一个港口，在那里我爱上你。
孤独与梦交织，与静默交织。
禁锢于大海与悲伤之间。
沉默，迷乱，在两个静止的船夫之间。

在嘴唇与声音之间，某样东西正在死去。
它有鸟的翅膀，它属于苦恼和遗忘。
就如同网网不住水。
我的娃娃，只残留几滴在颤抖。

然而，在这些瞬间即逝的话语中，仍有什么在歌唱。
仍有什么在歌唱，有什么攀升到我贪婪的嘴巴。
噢，可以用所有快乐的话语将你赞扬。

歌唱，燃烧，逃离，仿佛疯子手中的一座钟楼。
我悲伤的温柔啊，你突然间变得怎么了？
当我抵达最危险、最寒冷的峰顶
我的心关闭如一朵夜间的花。

14

每日你与宇宙的光一同游戏。
微妙的访客，你来到花中、水中。
你不只是这颗每日被我当成一束花
紧捧在手中的白色的头。

没有人能与你相比，从我爱你的那一刻开始。
容我将你伸展于黄色的花环中。
是谁，用烟的字母，把你的名字写在南方的群星当中？
哦，容我记起未存在之前的你。

风突然大叫，捶打我紧闭的窗。
天空是一张大网，挤满了阴影的鱼群。
所有的风在这里先后释放，所有的风。
雨脱掉身上的衣服。

鸟惊慌而逃。
风啊。风啊。
我只能与人类的力量争斗。
风暴卷起黑叶，

捣散所有昨夜仍然停泊在天空的船只。

你在这里。啊，你并不逃开。
你将回答我的呼喊直到最后一声。
依偎在我身旁，仿佛你心里害怕。
然而一道奇怪的阴影一度掠过你的眼睛。

如今，小人儿，如今你也把忍冬带给我，
连你的乳房也散发着它的芳香。
而当悲伤的风四处屠杀蝴蝶，
我爱你，我的快乐咬着你李子般的唇。

适应我不知叫你吃了多少苦头，
我那野蛮、孤寂的灵魂，我那令他们惊逃的名字。
无数次我们看晨星燃烧，亲吻我们的眼睛，
在我们头上霞光展开如旋转的扇子。

我的话语淋在你的身上，敲击着你。
有多么久啊，我爱你珍珠母般光亮的身体。

我甚至相信你拥有整个宇宙。

我要从山上带给你快乐的花朵，带给你钟形花，

黑榛实，以及一篮篮野生的吻。

我要

像春天对待樱桃树般地对待你。

15

我喜欢你沉默的时候，因为你仿佛不在，
你远远地听我说话，而我的声音触不到你。
你的眼睛好像已经飞走，
好像一个吻已经封住了你的嘴巴。

由于万物都充满我的灵魂，
你从万物中浮现，满是我的灵魂。
梦之蝴蝶，你就像我的灵魂，
你就像“忧郁”这个词。

我喜欢你沉默的时候，你仿佛在遥远的地方。
你仿佛在哀叹，一只喁喁私语的蝴蝶。
你远远地听我说话，而我的声音够不着你：
让我跟着你的静默一起沉默。

让我和你交谈，用你的静默——
明亮如一盏灯，简单如一只戒指。
你仿佛是夜，默不作声，满布繁星。
你的静默是星子的静默，如此遥远而单纯。

我喜欢你沉默的时候，因为你仿佛不在，
遥远而令人心痛，仿佛你已经死去。
那时，一个词，一个微笑就够了，
而我感到欢喜，欢喜那并不是真的。

16

（泰戈尔《园丁集》第三十首意译）

黄昏时在我的天空你好像一片云，
你的形体和颜色正是我喜爱的样子。
你是我的，是我的，嘴唇甜蜜的女人，
你的生命是我无尽梦想的住所。

我的灵魂之灯为你的双脚染上玫瑰色，
我的酸酒在你唇间变得甜美许多，
啊，我黄昏之歌的收割者，
我孤独的梦多么相信你属于我！

你是我的，是我的，我对晚风
高喊，风拖曳着我丧偶的声音。
我眼睛深处的女猎人，你的掠夺
让你夜间的目光平静如水。

我的爱，你被我的音乐之网捕获，
我的音乐之网宽阔如天空。
我的灵魂出生于你哀伤之眼的岸边。
在你哀伤的眼中梦的国土开始成形。

17

思想着，影子纠缠于深深的孤独中。
你也在远处，啊，比任何人都遥远。
思想着，放走鸟儿，抹消形象，
埋葬灯。

雾的钟楼，多么遥远，高立在那儿！
抑制着悲叹，磨碎黯淡的希望，
沉默寡言的磨坊工，
夜降落于你脸上，远离城市。

你的存在与我无关，仿佛物品一样陌生。
我思索，长时间跋涉，在你之前的我的生命。
在任何人之前的我的生命，我崎岖的生命。
面对大海，在岩石间的呐喊，
自由、疯狂地扩散，在海的雾气里。
悲伤的愤怒，呐喊，大海的孤独。
脱缰，粗暴，伸向天际。

你，女人，你在那里是什么？你是什么条纹，什么扇骨，在那巨大的扇子上？你遥远一如现在。
森林里的大火！呈蓝色的十字燃烧。
燃烧，燃烧，火苗四射，闪耀于光之林中。

它轰然倒下，噼啪作响。大火。大火。
被火花灼伤的我的灵魂起舞。
谁在呼喊？什么样的寂静充满回声？

乡愁的时刻，欢喜的时刻，孤独的时刻，
在所有时刻中属于我的时刻！
歌唱的风穿行而过的号角。
与我的躯体系在一起的如此想哭的欲望。

所有的根在摇撼，
所有的浪在攻击！
我的灵魂无止境地滚动，欢喜，悲伤。

思想着，将灯埋进深深的孤独中。

你是谁，你是谁？

18

在此我爱你。
风在幽暗的松林里解开自己。
月亮在游荡的水上发出磷光。
同样的日子相互追逐纠缠。

雾气散开成舞蹈的形体。
一只银色的海鸥从西天滑落。
有时是一片帆。高高，高高在上的星星。

或者一条船的黑色十字。
孤独的。
有时清晨醒来，连我的灵魂也是湿的。
海远远地发声，回响。
这是港口。
在此我爱你。

在此我爱你，而地平线徒劳地将你遮掩。
置身这些冰冷的东西中我依然爱你。
有时我的吻登上那些沉重的船只
由海上驶向无法到达的地方。

我看见自己如那些旧锚般被遗忘。
当黄昏靠岸，码头格外悲伤。
我的生命已倦，徒然地受饿。
我爱我没有的东西。你如此遥远。
我的厌烦与缓慢的暮色搏斗着。
但夜来临，并开始对我歌唱。

月亮转动它梦的圆盘。
最大的那些星星借你的眼睛望着我。
而因为我爱你，风中的松树
要用它们的针叶歌唱你的名。

19

黝黑、灵活的女孩，那使果实成形，
麦粒饱满，海草卷曲的太阳
塑造了你快活的身体，明亮的眼睛
以及你有着水一般微笑的嘴巴。

当你伸开双臂，一个黑色、渴切的太阳
在你披肩的发上滚成一束束青丝。
你和太阳嬉戏，仿佛和一条小溪，
它在你眼睛留下两潭幽暗的静水。

黝黑、灵活的女孩，没有什么能让我接近你。
一切都让我远离你，像远离正午。
你是蜜蜂疯狂的青春，
浪的痴癫，麦穗的力量。

然而，我阴暗的心依然找寻你，
我爱你快活的身体，轻松、纤细的声音。
甜美而坚定的黑蝴蝶，
如同麦田和太阳，罂粟与水。

20

今夜我可以写出最哀伤的诗篇。

写，譬如说，“夜缀满繁星，
那些星，灿蓝，在远处颤抖。”

晚风在天空中回旋歌唱。

今夜我可以写出最哀伤的诗篇。
我爱她，而有时候她也爱我。

在许多仿佛此刻的夜里我拥她入怀。
在永恒的天空下一遍一遍地吻她。

她爱我，而有时候我也爱她。
你怎能不爱她专注的大眼睛？

今夜我可以写出最哀伤的诗篇。
想到不能拥有她。感到已经失去她。

听到那辽阔的夜，因她不在更加辽阔。
诗遂滴落心灵，如露珠滴落草原。

我的爱不能叫她留下又何妨？
夜缀满繁星而她离我远去。

都过去了。在远处有人歌唱。在远处。
我的心不甘就此失去她。

我的眼光搜寻着仿佛要走向她。
我的心在找她，而她离我远去。

相同的夜漂白着相同的树。
昔日的我们已不复存在。

如今我确已不再爱她，但我曾经多爱她啊。
我的声音试着借风探触她的听觉。

别人的。她就将是别人的了。一如我过去的吻。

她的声音，她明亮的身体。她深邃的眼睛。

如今我确已不再爱她。但也许我仍爱着她。
爱是这么短，遗忘是这么长。

因为在许多仿佛此刻的夜里我拥她入怀，
我的心不甘就此失去她。

即令这是她带给我的最后的痛苦，
而这些是我为她写的最后的诗篇。

绝望的歌

对你的记忆从我所在的这夜晚浮现。
河流以其顽固的悲叹与海系在一起。

像黎明的码头般被遗弃。
这是离去的时刻，噢，被遗弃者！

冰冷的花冠雨点般落在我的心上。
噢，废料的底舱，溺水者残酷的洞穴。

你的身上堆积着战争与飞行。
从你的身上鸣禽的翅膀竖起。

你吞下一切，仿佛远方。
仿佛海，仿佛时间。一切在你身上沉没！

那是攻击与吻的快乐时刻。
辉耀如灯塔的令人惊呆的时刻。

掌舵者的焦虑，盲眼潜水者的愤怒，
爱的骚乱痴迷，一切在你身上沉没！

在雾的童年，我生了翅且受伤的灵魂。
迷失的探险者，一切在你身上沉没！

你缠绕痛苦，你紧握欲望。
悲伤将你击倒，一切在你身上沉没！

我让阴影之墙后退，
我向前走，超越欲望和行动。

噢肉，我的肉，我爱过又失去的女人，
在这潮湿的时刻，我召唤你并为你歌唱。

如同一个杯子，你盛着无尽的温柔，
而无尽的遗忘打碎你如同一个杯子。

那是岛屿黑色，黑色的孤独，
而在那里，爱恋的女人，你的双臂收容了我。

那是渴和饥饿，而你是水果。

那是忧伤与废墟，而你是奇迹。

啊女人，我不知道你怎能将我包容
在你灵魂的土地，在你双臂的十字架！

我对你的欲望何其可怕而短暂，
何其混乱而醉迷，何其紧张而贪婪。

众吻之坟，你的墓中依然有火，
累累的果实依然燃烧，被鸟群啄食。

噢，被咬过的嘴巴，噢，被吻过的肢体，
噢，饥饿的牙齿，噢，交缠的身躯。

噢，希望与力气疯狂的交合，
我们在其间结合而又绝望。

而那温柔，轻如水，如面粉。
而那话语，在唇间欲言又止。

这是我的命运，我的渴望在那里航行，
我的渴望在那里坠落，一切在你身上沉没！

噢，废料的底舱，一切在你身上坠落，
什么痛苦你没说过，什么痛苦没淹过你！

从浪巅到浪巅，你依然火苗四冒，歌唱。
像一个水手般立在船首。

你依然在歌声中开花，依然破浪而行。
噢，废料的底舱，敞开而苦味的井。

苍白盲眼的潜水者，不幸的弹弓手，
迷失的探险者，一切在你身上沉没！

这是离去的时刻，艰苦而冰冷的时刻
夜将之固定于所有时刻表。

海喧闹的腰带缠绕着海岸。
寒星涌现，黑色的鸟在迁徙。

像黎明的码头般被遗弃。
只剩颤抖的影子在我手中扭动。

啊，超越一切。啊，超越一切。

这是离去的时刻。噢，被遗弃者！

船长的诗

Los versos del capitán

1952

爱

El amor

大地在你里面

小
玫瑰，
小小玫瑰，
有时，
纤小而赤裸，
仿佛
正适合放在我的
一只手里，
仿佛我将如是紧握着你
将你带往我的嘴，
但
突然
我的脚碰触你的脚，我的嘴碰触你的唇：
你长大了，
你的肩膀上升如两个山头，
你的乳房徘徊于我的胸膛，
我的手臂几乎无法环抱你腰身
纤细的新月线条：
如海水般你将自己舒放于爱里：

我几乎无法测量天空最宽广的一双眼睛，
我俯身向你的嘴，亲吻大地。

王后

我命你为王后。
有人比你更高，更加高。
有人比你纯净，更纯净。
有人比你更美，更加美。

但你是王后。

当你行过街路
无人认得你。
无人看见你的水晶冠冕，无人注视
你走过时踩踏的
金红地毯，
不存在的地毯。

当你出现
所有河流在我
体内鸣响，钟声
震天，世界
被一曲赞歌填满。

只有你和我，
只有你和我，吾爱，
倾听着。

陶工

你整个身体有一种
注定为我而成的丰满或温柔。

当我举起我的手
我在每一处找到一只
正寻觅我的鸽子，仿佛
他们用黏土做成你，亲爱的，
为了我自己一双陶工的手。

你的膝，你的胸，
你的腰
是我丢失了的部位，就像
干涸大地的凹洞，
被他们扭断了一个
形状，
连在一起
我们完整如单一的一条河，
如单一的一粒沙。

九月八日

今天，这一天是一满溢之杯，
今天，这一天是巨大的浪，
今天，是整个大地。

今天惊涛骇浪的海
将我们在一吻中举得
如此高，我们在
闪电中颤抖，
紧绑着，往下
沉没，没有被解开。

今天我们的身体广大无比，
扩张到世界边缘，
边滚动、边融化
成一滴
蜡或流星。

你我间一扇新的门开启
而有人，面容尚未成形，
在那儿等着我们。

你的脚

当我无法看你的脸，
我看你的脚。

你拱形骨的脚，
你坚硬的小脚。

我知道它们支撑你，
你轻柔的重量
浮升于它们之上。

你的腰，你的乳房，
你乳头双倍
的紫色，
你刚刚飞逝的
目光之窝，
你水果般的大嘴巴，
你的红发，
我小小的塔。

但我爱你的脚
只因它们行走于
大地之上，于
风中，于水上，
直到找到了我。

你的手

当你的手出走，
爱人，向着我的手，
飞翔的它们带给我什么？
它们为什么停
在我的嘴里，突然地，
为什么我认得它们
仿佛在当时，在之前，
我已碰触过它们，
仿佛在它们存在前
它们已然掠过
我的额头，我的腰？

它们的柔
飞越时间而来，
越过海，越过烟，
越过春天，
当你将
你的手放在我胸口，
我认得那些金色
鸽子的翅膀，

我认得那黏土
和那小麦的颜色。

在我这一生
我四处寻找它们。
我拾级而上，
我穿越道路，
火车载我，
水流运送我，
而在葡萄的皮上
我想我摸到了你。
木材突然
带给我你的触感，
杏仁向我宣告
你秘密的柔性，
直到你的手
收拢于我的胸前，
在那里像两只翅膀
结束它们的旅程。

你的笑

拿走我的面包，如果你要，
拿走我的空气，但
别从我这儿拿走你的笑。

别从我这儿拿走这朵玫瑰，
那被你剥开的水龙喷嘴，
在你的欢愉中突然
迸出的水，
从你身上生出的
突如其来的银波。

我艰苦地战斗着，带着
不时因目睹
无变动的地球
而疲惫的眼睛归来，
但当你的笑声进入，
它升上天空找我，
为我打开所有
生命之门。

我的爱，你的笑
在最黑暗的时刻
绽开，而如果你突然
看见我的血染红了
街上的石头，
就请你笑吧，因为你的笑
将成为我手中
清新的剑。

秋日海边，
你的笑当掀高其
四溅的瀑布，
而在春天，爱人啊，
我要你的笑像
我期待着的花，
蓝色的花，玫瑰，
开在我回声四起的祖国。

笑夜，笑
白日，笑月亮，
笑岛屿
扭曲的街道，
笑这个爱你的
笨拙男孩，
但当我睁开
眼又闭上眼，
当我的脚步离开，
当我的脚步返回，
你可以拒绝给我面包，空气，
光，春天，
但绝不要拒绝给我你的笑，
不然我会死掉。

多变者

我的眼睛离我而去
追随一位飘然而过的黑妞。

她由黑色的珍珠母做成，
由深紫色的葡萄，
她抽打我的血
用她火热的尾巴。

它们全成为我
追逐的目标。

一位鲜亮的金发女郎走过
像一株金色植物般
摇摆着她天赋的异禀。
我的嘴巴如浪
涌上前
在她胸前放射
血液的闪电。

它们全成为我
追逐的目标。

但向你，我没移动，
没看到你，远方的你，
我的血和吻却一径往前：
我的黑妞和我的金发女郎，
我的高个儿和我的小个儿，
我的胖女孩和我的瘦女孩，
我的丑人儿和我的美人儿，
由所有的黄金
和所有的银子做成，
由所有的小麦
和所有的土地做成，
由所有的海浪
之水做成，
为了我的臂弯而做成，
为了我的吻而做成，
为了我的灵魂而做成。

岛屿之夜

整夜我与你同眠
在海边，在岛上。
狂野而甜蜜，你在欢愉与睡眠之间，
在火和水之间。

也许已非常晚，
我们的梦在顶部或
底部合而为一，
高高在上如树枝被同一股风拂动，
低低在下如红树根相触。

也许你的梦
漂离我的梦
穿过黑暗的大海
寻找我
一如以往，
那时你尚未存在，
我航行在你身边
没有看出你，

你的眼睛寻觅
那些如今我大量
给你的东西——
面包，酒，爱和愤怒——
因为你是杯子
等候着我的生命礼物。

我与你同眠
整夜整夜，
当黑暗的地球
与生者和死者共旋，
而突然醒来，
在阴影中，
我的手臂环着你的腰。
无论夜晚或睡眠
都无法把我们分开。

我与你同眠
醒来时，你的嘴，

从你的梦境来，
让我尝到大地、海水、
海藻以及你
生命深处的滋味，
我收到被黎明
湿润的你的吻，
仿佛从包围我们的
海洋来到。

岛屿之风

风是马：
听听它如何奔跑
过大海，奔跑过天空。

它想带我走：听
它如何周游世界
为了带我远离。

请把我藏在你的怀里，
就这一夜，
当雨朝着海
和陆地砸碎其
数不清的嘴。

听风如何
呼叫我，疾驰着
要带我远离。

你的额靠在我额上，

你的嘴贴在我嘴上，
我们的身体紧系于
将我们烧尽的爱，
让风通过
而不要带走我。

让风奔跑，
被泡沫加冕，
让它呼唤我、寻找我，
在阴影中疾驰，
而我，沉没于
你硕大的眼睛下，
将歇息，就
这一夜，我的爱。

无尽者

你看到这双手吗？它们测量过
地球，区分过
矿物和谷物，
缔造过和平也发动过战争，
它们拆除过所有海洋
与河流的距离，
然而，
当它们逡巡于你
之上，小个儿，
麦粒，燕子，
它们无法包住你，
它们疲于寻求
在你胸前或息或飞的
双鸽，
它们旅行过你的双腿，
卷绕于你腰的光圈中。
于我，你是一个比海及其族群
更广袤的宝物，
你白而蓝而宽阔，如

葡萄收获期的大地。
在那领土上，
从你的脚到你的额，
我将行走，行走，行走，
终我一生。

美人

美人，
就像在春天
清凉的石头上，水流
溅开宽广的泡沫的闪光，
你的笑容亦如是，
美人。

美人，
你的手纤小，脚细长，
像一匹银色的小马，
你走着，人世之花，
如是我看见你，
美人。

美人，
你头上顶着一窝
纠缠的铜，一个
暗蜂蜜色的窝巢，
我的心燃烧于斯止息于斯，

美人。

美人，
你的脸容纳不下你的眼睛，
大地容纳不下你的眼睛。

你的眼睛里有国家，
有河流，
我的祖国在你的双眼里，
我走过它们，
它们照亮我
行走的世界，
美人。

美人，
你的乳房像由谷物丰实的大地
与金色月亮做成的两个面包，
美人。

美人，

你的腰，

被我的手臂形塑成一条河

流淌过你甜美的身体已千年，

美人。

美人，

你的屁股独一无二，

也许地球

某个隐蔽的地方有

你身体这种曲线和香味，

也许在某个地方，

美人。

美人，我的美人，

你的声音，你的皮肤，你的指甲，

美人，我的美人，

你的存在，你的光，你的影，

美人，

全都是我的，我的美人，
全都是我的，吾爱，
当你走路或休息，
当你唱歌或睡觉，
当你受苦或做梦，
永远如是，
当你在眼前或在天边，
永远如是，
你是我的，美人，
永远如是。

失窃的树枝

在夜里我们将进去
窃取
一根开花的树枝。

我们将爬过墙
摸黑于外星花园中，
阴影里的两个影子。

冬天尚未离去，
苹果树现身，
突然变成
一条芬芳的星光瀑布。

在夜里我们将进去
至其颤抖的穹苍，
你的小手和我的手
将窃取那些明星。

然后静默地，

往我们的屋子，

在夜与阴影里

跟着你的脚步踏入

无声的香气之阶，

跟着星光闪烁的脚

进入春天明澈的身体。

儿子

啊儿子，你知道，你知道
你从什么地方来吗？

从一座有饥饿的白色
鸥鸟的湖泊。

在冬日水边
她与我高筑起
红色的篝火，
我们的唇因亲吻彼此的
灵魂而疲惫，
我们将一切丢入火中，
燃烧我们的生命。

你就是这样来到了世界。

但她，为了看我、
看你，有一天
漂洋过海而来，

而我，为了紧抱
她纤小的腰，
走过每一寸土地，
穿越战争和山脉，
沙子和荆棘。

你就是这样来到了世界。

你从这么多地方来，
从水和土，
从火和雪，
从遥远处，长路漫漫
走向我们俩，
从捆锁住我们的
可怖的爱，
所以我们想知道
你什么模样，会说些什么，
因为你对我们
给你的这世界知道得更多。

像巨大的风暴
我们摇撼
生命之树
直下最隐秘的
底部的须根，
如今你现身
在树叶间歌唱，
在我们与你同
抵的最高枝。

大地

绿色大地已臣服于
众黄，黄金，丰收，
农田，树叶，谷物，
但当秋天随其
宽广的旗帜升起，
我见到的是你，
对我来说，将穗
分开的是你的发。

我看到古老断石
散陈的遗迹，
但如果我碰触
石头的疤痕，
回应我的是你的身体，
我的手指突然间
颤抖地，认出
你炽热的甜意。

我盘桓于新近被

泥土和尘灰
授勋的英雄之间，
在他们后面，悄然
移动细小步伐的，
是你或者不是你?
昨天，当他们连根
拔起，为了瞧一眼，
那棵老矮人树，
我看到你走出来望着我，
从那受折磨的
干涸的树根。

而当睡意来袭，
摊开我身体，将我带入
我自己的沉默，
一阵巨大的白风吹起，
摧毁了我的睡眠，
叶子们从中落下，
如刀子般落在

我身上，将我的血排光。

每个伤口都见
你嘴的形状。

缺席

我几乎没离开过你
当你走进我，水晶般，
或颤动，
或不安，被我所伤，
或因爱而狂喜，当你的眼睛
合拢于我不停给你的
生命礼物上。

我的爱，
我们已看到彼此
干渴，我们已
饮尽所有的水和血，
我们看到彼此
饥饿，
互相咬啮对方，
如同火咬啮，
在身上留下伤口。

但等候我，

把你的甜头留给我。

我也会给你

一朵玫瑰。

欲

El deseo

虎

我是虎。
我潜伏在宽如
湿矿石铸块的
树叶间等候你。

白色的河水
在雾下方上涨。你来了。

你裸身沉没水中。
我等待。

接着以火、
血、牙的一跃，
伸爪一击，我撕下
你的胸脯，你的臀部。

我饮你的血，逐一
折断你的四肢。

而多年来在森林里
我依然守望着
你的骨骼，你的骨灰，
一动不动，全然
无恨、无怒，
在你死后解除武装，
被藤本植物所缠，
一动不动在雨中，
守着我血腥爱情的
无情哨兵。

秃鹰

我是秃鹰，从行走的你
头上飞过，
而突然间随盘旋的
风，羽毛，爪子，
我攻击你且将你提起，
在呼啸的气旋
飓风般的冷里。

我带你到我雪之塔，
到我黑色的巢穴，而
你独自生活，
身上披满羽毛，
翱翔于世界之上，
一动不动，在高空中。

女鹰啊，让我们扑
向这红色猎物，
让我们撕裂那怦怦然
经过的生命，

一起升高

我们狂野的飞行。

昆虫

从你的臀部到你的脚
我想做一次长途旅行。

我比一只昆虫小。

我漫步过这些山丘，
它们是燕麦的颜色，
有唯我知道的
微小痕迹，
烧焦的厘米，
白蒙蒙的远景。

这里有一座山。
我永远不会离开它。
噢，多么巨大的青苔！
一个火山口，一朵
湿润之火的玫瑰！

顺着你的腿，我

盘旋而下
或者在途中睡觉，
我来到你圆圆
硬硬的膝盖
仿佛到达明亮的大陆
坚实的峰顶。

我滑向你的脚，
到你尖尖，缓缓移动的
半岛般脚趾的
八个缝隙，
从那儿我跌向
白被单的
虚无里，盲目且饥饿地
寻找你燃烧着的
瓮的轮廓！

怒

Las furias

爱

你，和我，怎么了？
我们出了什么问题？
啊，我们的爱是一条捆绑我们
让我们伤痕累累的粗绳，
我们若想
脱离我们的伤口，
若想分开，
它便会绑出新结，罚我们
大量出血，一起烧毁。

你怎么了？我注视你，
看到的只是两只平凡无奇的
眼睛，一张和我
吻过的更美的千唇相较，毫不起眼的嘴巴，
一个同她们一样在我身体下方滑过，
未留下任何回忆的身体。

你穿行过世界，何其空洞，
像一只小麦色的大水罐

无息，无声，无实体！
我徒劳地想以我的
双臂在你体内寻找深度，
永无休止地在地底挖掘：
你的肤下，你的眼底
空无一物，
你微微隆起的双乳
之下
有一道水晶级的水流，
它不知道自己为何唱着歌儿流动。
为什么，为什么，为什么，
亲爱的，为了什么？

永远

面对你，
我不嫉妒。

来吧，就算背后
跟着一个男人，
来吧，就算有百个男人在你发间，
来吧，就算有千个男人在你胸脯和双足之间，
来吧，像一条塞满
溺水男子的河流，
迎向汹涌的大海，
永恒的泡沫，时间。

将他们全数带到
我等候你的地方：
我们将永远两人独处，
我们将永远是你和我，
就我们俩，在大地上
开始生活。

偏离

如果你的脚再次偏离，
它会被砍断。

如果你的手带你
往另一条路，
它会烂掉。

如果你把我推离你的生活，
你会死，
即使还活着。

你会一直如行尸、幻影，
在地上走动没有我为伴。

问题

亲爱的，有个问题
已将你摧毁。

我已自满布荆棘的无常
回到你的身边。

我要你率直
如剑或者道路。

你却坚持
保有我不想要的
阴影的角落。

亲爱的，
请了解我，
我爱你的全部，
从眼到脚，到脚指甲，
爱你里面，
你保有的一切明彻。

亲爱的，是我
敲叩你的门。
不是鬼魂，不是
曾在你窗口
驻足的那人。
我撞倒你的门：
我进入你所有的生活：
我住进你的灵魂：
你拿我没辙。

你必须打开一道道门，
必须听从我，
必须张开双眼
好让我进去搜寻。
你必须看到我以何等
沉重的脚步
行走于所有等候着我的
盲目的道路。

不要怕，

我是你的，

但

我既非旅客也非乞丐，

我是你的主人，

你等候着的人，

我现在进入

你的生命，

再也不离去，

亲爱，亲爱，亲爱的，

我要留下来。

浪女

我自所有女人中选择了你，
让你在大地上与我心
唱和，
随花穗舞动
或者在必要时毫不留情地战斗。

我问你，我的儿子在哪里？

我一直想在你身上找到自己，认出自己
并且告诉自己：“请召唤我到大地上
延续你的战斗与你的歌唱”，不是吗？

把儿子还给我！

你将他遗忘在欢愉之门
的门口吗？噢，冤家
浪女，
难道你忘了你来此幽会，
这最幽深之地，我俩

在其中结合，亲爱的，将借由他之口
继续说出
啊所有
我们未能告诉对方的一切？

当我将你高举于火和血
之波浪，而生命
在我俩之间倍增，
切记
有人在对我们呼喊，
以前所未有的方式，
而我们并未回应，
我们变得孤独和胆怯，
在被我们拒绝的生命前。

浪女，
打开门，
让你心中的
死结

松脱，伴随
你我的血液
飞越这世界!

伤害

我伤害了你，亲爱的，
我撕裂了你的灵魂。

请听我说。
每个人都知道我是谁，
但对你而言
在这之外，那个“我”
是个男人。

在你里面我摇摆，跌倒，
又炽热地站起。
众生灵中
唯你有权
看到我脆弱。
你面包与吉他的
小手
一定要抚摸拨奏我的胸膛，
当它出发战斗。

我为此在你身上寻找坚石。
我将粗糙的手埋入你血中
寻找你的坚定
以及我所需的深度，
倘若我只找到
你金属般的笑声，找不到
任何东西支持我艰苦的脚步，
可人儿啊，请接受
我的忧伤和愤怒，
容许我敌意的双手
对你稍事破坏，
好让你自黏土再生
为我的奋斗被重新打造。

井

你有些时候会下沉，跌落
你寂静的洞穴，
跌落你傲慢之怒的深渊，
几乎无法
回头，仍抱着你
在你存在深处觅得之物
残留的碎片。

亲爱的，你在自己封闭的井里
找到了什么？
海草，沼泽，岩石？
苦痛又受伤，
你用盲眼看到了什么？

亲爱的，你不会在你跌落的
井里找到
我为你在高地上保存的东西：
一束带露的茉莉花，
一个比你的深渊还要深的吻。

不要怕我，不要再
跌进你的愤怒中。
请抖落伤害过你的我的言词，
让它飞出敞开的窗。
无需你导引，
它会回过头来伤害我，
因为它里面装了一个无情的片刻，
那片刻将在我胸中缴械。

请对我粲然一笑
倘若我的嘴伤了你。
我并非童话故事里
温驯的牧羊人，
而是与你共享大地，风，山中荆棘的
好伐木工人。

爱我，对我微笑，
帮助我变好，
不要伤害我心中的你，因为那无济于事，
不要伤害我，因为那形同伤害你自己。

梦

漫步沙滩上，
我决定离开你。

我踩到一块松软颤动的
暗黑泥土，
我陷入其中又拔出，
决定让你从我心中
出走，你像锋利的石块
重压着我，
我一步步计划
离开你：
切断你的根，
放你在风中单飞。

啊在那一刻，
亲爱的，有个梦
正拍动它恐怖的翅膀
笼罩着你。

你感觉自己被泥土吞噬，
你呼唤我，而我未出现，
你离去，动弹不得，
没有抵抗
终陷入流沙窒息。

随后
我的决定与你的梦不期而遇，
从让我们的心破碎的
裂痕，
我们再次现身，洁净又赤裸，
彼此相爱
无梦，无沙，
饱满又耀眼，
以火封存。

如果你将我遗忘

有件事
想要告诉你。

你明白怎么一回事的：
如果我于悠缓的秋天立于窗口
凝视
晶莹的月，红色的枝桠，
如果我于炉火边
轻触
细不可感的灰烬
或皱褶斑斑的圆木躯干，
凡此种种皆引我贴近你，
仿佛存在的一事一物，
芳香，光影，金属，
是一艘艘小船，航向
那些等候我前往造访的你的小岛。

然而，
倘若你对我的爱意逐渐消逝

我也将缓缓终止我的爱。

如果你突然
将我遗忘，
就别来找我，
因为我将早已忘记你。

如果你认为那穿越我一生的
旌旗之风
既久且狂，
决定
在我植根的心的岸边
与我分手，
请记住
在那一天，
那一刻，
我将高举双臂，
我的根将动身远航
另寻新土。

但是

如果每一天，

每一刻，

你满心欢喜地

觉得你我命运相依，

如果每一天都有一朵花

爬上你的双唇前来寻我，

啊，亲爱的，啊，我的人儿，

我心中所有的火会再次燃起，

浇不熄也忘不了，

我的爱因你的爱而饱满，亲爱的，

只要你一息尚存，它就会在你怀里

且被我紧抱。

遗忘

所有的爱在一个与地球
同宽的高脚杯里，所有的
爱，连同星星和荆棘——
我给了你，但你却踏过
火焰，用你的小脚，用
你的脏鞋跟，将之熄灭。

啊伟大的爱，心爱的小个儿！

我没有在战斗中停下。
我不停地为众人迈向生活，
迈向和平，迈向面包，
但我将你在我的怀里举起，
我用我的吻将你钉住，
我看着你仿佛不再有
任何人的眼睛会看着你。

啊伟大的爱，心爱的小个儿！

你当时没有打量我的身长，
这个为了你，把血、小麦、
水抛在一旁的男人，
你把他误作为
掉进你裙子里的小虫。

啊伟大的爱，心爱的小个儿！

不要指望我会在远处
回头看你，请守着
我留给你的东西，带着我
被背弃的照片随意走动，
我会继续前进，
开宽阔之路对抗阴影，让
土地柔软，分送
星光给来者。

请守在路上。
夜已为你落下。

也许黎明时
我们会再次见面。

啊伟大的爱，心爱的小个儿！

女孩

你们这些寻找伟大的爱，
伟大又恐怖之爱的女孩们，
什么东西过去了？

也许是
时间，时间！

因为现在，
它就在此，看吧它正流逝，
拖曳着天国之石，
摧毁花叶，
撞击你们的世界所有的石头
发出泡沫的噪音，
发出抹香鲸和茉莉花的气味
在淌血的月亮旁边！

而现在
你触碰那水，用你小小的脚，
小小的心，
你不知道该怎么办！

某些夜间旅行，
某些小房间，
某些最开心的漫步，
某些无关紧要的舞蹈，
都胜过
继续这趟旅行！

死于恐惧或寒冷，
或怀疑——
因为我会迈开大步
找到她，
在你之内
或远远之外，
而她也会找到我，
面对爱情她不会畏惧，
将与我融而
为一，
生死与共！

你来

你未曾让我受苦，
只是让我等待。

那些纠结的
时光，满是
毒蛇，
当
我的心跳停止，呼吸困难，
你便前来，
裸身前来，抓痕斑斑，
淌着血来到我床前，
我的新娘，
而后
整个夜里我们睡着
散步，
醒来时
你完好如新，
仿佛黑暗的梦之风
刚刚才给你的

长发添了新火，
而你的身子浸泡过
小麦和银，令人目眩。

我并未受苦，亲爱的，
我只是在等待你。
你必须改变心思
和视野，
在接触到我胸膛给予你的
深沉海域之后。
你必须离开那水，
纯净如被夜浪
翻起的一滴。

我的新娘，你必须
死去再重生，我等候着你。
寻找你，我并不苦，
我知道你会来，
从不受我爱慕的人

蜕变为我衷心爱慕的全新女子，

有着一样的眼，一样的手，一样的嘴

但不一样的一颗心，

天亮时在我身边

仿佛她一直守在那里

要永远陪我走下去。

生

Las vidas

山河

在我的国家有一座山。
在我的国家有一条河。

跟我来。

夜爬上山。
饥饿走下河。

跟我来。

那些受苦者是谁?
我不知道，但他们是我的同胞。

跟我来。

我不知道，但他们呼叫我，
对我说:“苦啊。”

跟我来。

他们对我说："你的同胞，
你不幸的同胞，
在山河间，
饥饿、悲伤，
他们不想孤军奋斗，
他们等着你，朋友。"

啊你，我的爱人，
小个儿，红色的
麦粒，

会是艰苦的战斗，
会是困难的生活，
但你会跟我来。

贫穷

啊，你不想要，
你害怕
贫穷，
你不想要
穿着破鞋子去市场，
回来还是穿着旧衣。

亲爱的，我们不喜欢
生活困顿，而富人
希望我们如此。我们
要像对待一颗至今仍啃啮
人心的坏牙齿般将贫困拔除。

但我不要你
害怕它。
它如果因我的过失来到你的住所，
如果贫穷赶走了
你的金色鞋子，
切莫让它驱走你的笑声，那是我生命的面包。

如果你付不起房租，

就以骄傲的步伐去工作，

且记住，亲爱的，我时时看着你，

我们在一起是世上

所能累积的最大的财富。

众生

啊，有时候我觉得和我
在一起你并不自在，
我，人中之杰！

因为你不知道
与我一起的
是数千你看不见的杰出之脸，
有数千脚、数千心和我一同前进，
我非我，
我并不存在，
我只是与我同行的众人的前锋，
我变得更强大
因为我肩负着的
不是我个人的小生命
而是众生，
我稳健迈进
因为我有千眼，
我用岩石的重量敲击
因为我有千手，

而我的声音传遍所有
陆地之岸
因为那是
沉默众生的声音，
未曾歌唱的众声，
在今日借亲吻你的
这张嘴歌唱。

旗

跟我一同起来。

没有人比我
更想流连于
那枕上，那儿你的眼帘
试着为我将世界关在外面。
我也想在那里
让我的血液环绕着
你的甜蜜入眠。

但起来，
你，起来，
和我一同起来，
让我们一同出去
以血肉之躯
和邪恶的蛛网，
和引发饥饿的体制，
和孳生悲苦的组织搏斗。

走吧，

而你，我的星星，在我身旁，

刚从我自身的黏土生出，

你将找到隐藏的源泉，

在火中，你将与我

并立，

睁着你狂野的眼睛，

高举我的旗。

士兵之爱

战乱期间命运安排你
成为士兵之爱。

身着劣质丝衫，
指戴假宝石，
你获选赴汤蹈火。

来吧，漂泊者，
来到我胸膛啜饮
红色的露水。

过去你不想知道自己的去向，
你是舞伴，
没有政党，没有国家。

现在你伴我同行，
你看到生命与我同在
而死亡就在我们背后。

你已不能和你的丝衫
在跳舞厅里跳舞。

你会磨破鞋子，
但征途会使你成长。

你必须行走于荆棘之上
留下一小滴一小滴血。

再吻我一次，爱人。

把枪擦亮，同志。

不只火

啊是的，我记得，
啊你紧闭的双眼，
仿佛自里面满溢黑光，
你整个身子像一只张开的手，
像月亮发出的白色光束，
还有那狂喜，
当雷电劈杀我们，
当一支匕首在根部弄伤我们，
一道光折断我们的头发，
当我们
再度逐渐地
活过来，
仿佛自海中冒出，
仿佛自船难
归来，带着在石块与红色海藻
之中刻画的累累伤痕。

但是
还有其他的记忆，

不只是从火冒出的花朵，
还有突然出现的
小幼芽，
在我搭上火车
或走在街上之时。

我看到你
洗我的手帕，
将我的破袜
晾在窗口，
看到你的身影——万物
众妙如火焰般坠落其上
却没有毁坏你，
再一次，
你成为日常的
小妻子，
成为凡人，
卑微的凡人，
贫穷却骄傲，

你必当如是才能
不成为被爱情的灰烬
熔解的短暂玫瑰，
而是全部的生活，
与肥皂和针线为伍，
散发出我喜爱的
厨房（虽然我们可能无法拥有）
的气味，你的手炸着薯条，
你的嘴在冬日歌唱
等待烤肉出炉，
对我而言它们是世间
永恒的幸福。

啊我的生命，
那不只是你我之间燃烧的火，
且是全部的生活，
一个女人和一个男人
简单的故事，
简单的爱，
一如每个人。

亡者

如果突然间你不存在，
如果突然间你不在世，
我将活下去。

我不敢，
我不敢写，
如果你死了。

我将活下去。

因为在人无声的地方，
我的声音就在那里。

在黑人被殴打之地，
我不能死去。
当我的兄弟们入狱，
我将和他们一起去。

当胜利，

非我的胜利
而是伟大的胜利
来到时，
即使哑了我也要说：
我要看它到来即使我瞎了。

不，请原谅我。
如果你不在世，
如果你，亲爱的，我的爱人，
如果你
已死去，
所有的叶子将落于我胸膛，
雨将日夜击向我的灵魂，
雪将灼烧我的心，
我将与寒冷和火和死和雪同行，
我的脚会走向你长眠之地，
但
我将活下去，
因为你最希望的是我能

不屈不挠，

并且爱人啊，因为你知道我不只是一个人

而是所有的人。

小美洲

当我注视着
地图上美洲的形状，
亲爱的，我看到的是你：
你头上铜的峰顶，
你的乳房，小麦和雪，
你纤细的腰，
悸动的急流，甜美的
山丘和草原，
在南方的冷冽中，你的双脚终结其
复制的黄金构成的地理学。

亲爱的，当我碰触你时，
我的双手历览的
不只是你的欢愉，
还有树枝和土地，果实和水，
我所爱的春天，
荒漠中的月亮，野鸽子的
胸脯，
被海水或河水磨平的

石头的光滑，
以及渴和饿在窥伺的
荆棘地里
暗红的密密丛丛。
如是，啊小美洲，我辽阔的祖国，
在你身上迎接我的到来。

还有还有，当我看到你躺下，
我在你的皮肤里，在你燕麦的色泽里，
看到了我情感的国籍。
因为从你的肩膀
炽热古巴的
砍蔗工
注视着我，满身黑汗珠，
而从你的喉咙
那些在岸边潮湿的屋子里
颤抖的渔人们
对我吟唱他们的秘密。
如是，沿着你的身体，

亲爱的小美洲，
那些土地和人民
打断我的吻，
你的美丽于是不只
点燃起在我们之间燃烧的
永不熄灭的火焰，
还随着你的爱向我呼唤，
通过你的生命给我
我所缺少的生命，
在你爱情的滋味里添进泥味，
那等候我的大地之吻。

颂歌与萌芽
祝婚歌
途中信札

Oda y germinaciones

Epitalamio

La carta en el camino

颂歌与萌芽

1

你嘴巴的味道和你皮肤的颜色，
皮肤，嘴巴，这些飞逝时日的果实，
请告诉我，它们是否总是在你身边，
穿过年岁，旅途，月亮，太阳，
大地，哭泣，雨和喜悦，
或者仅仅是现在
它们从你的根部出来，
就像水带给枯干的土地
它不曾知道的幼芽，
或像泥土的味道在水中升起，
升向被遗忘的陶罐的唇间？

我不知道，别告诉我，你不知道。
没有人知道这些事情。
但当我所有的感官挨近
你皮肤的光时，你消失了，
你融化，像

水果酸酸的香味
和路上的热气，
像脱粒的玉米的味道，
纯净午后的忍冬，
尘土飞扬的大地的名字，
祖国无垠的香气：
玉兰花和荆棘丛，血和面粉，
马群的奔驰，
村庄蒙尘的月亮，
新生的面包：
啊，每样东西都从你的肌肤回到我嘴边，
回到我心，回到我的身体，
和你在一起，我再次回转为
大地，那大地就是你：
你是我体内深处的春天：
在你体内我再次知道我如何萌芽出生。

2

我早该察觉像串串簇簇

果实花朵在我身边成长的你的岁月，
在你明白太阳和大地注定要你
抚慰我石块般的双手，
在你以颗颗葡萄酿成的
美酒在我血管歌唱前的那些岁月。
转向的
风或马能够
带我穿越你的童年，
你每天看到同样的天空，
同样的暗黑冬泥，
不断岔生的李树枝桠
以及它们暗紫色的甜美。
阻隔我们的只是几公里的
夜色，黎明田野间
被浸湿的距离，
一把泥土——我们没有跨越那些
透明的
墙，以便尔后生命
即使把所有的

海洋和土地
搁在你我之间，我们也能相聚
不管相隔多远，
一步步地寻找对方，
漂洋过海，
直到我看见天空燃烧起来
而你的发在光中飞舞，
你带着一颗解开锁链的流星之火
前来吻我，
当你融化于我的血中，
我的嘴领受到
我们童年时野生李子的甜味，
我将你紧搂入怀
仿佛重新拥有大地和生命。

3

我的野女孩，我们必须
让时间倒流，
迈步向后，在我们生命的

远处，不断亲吻，
从某地回收当初我们送出时没有
领受到喜悦的东西，在另一地发现
逐渐拉近我俩足迹的
秘道，
如是在我嘴的下方，你将再度
看到你未满足的生命之树
向着等候你的我的心
伸展它的根。
我们异地而居的无数夜晚
一个一个加入
我俩结合之夜。
它们递送给我们
每一天的光，
它的火焰，它的宁静，
如是我们的宝物
在影里或光中出土，
如是我们的吻亲吻生命：
所有的爱包含于我们的爱：

所有的渴望在我们的拥抱中完结。
在这儿我们终于面对面，
我们相遇，
我们一无所失。
我们唇与唇相贴地遍探彼此的身体，
一千次在我们之间
翻生覆死，
我们当初像带死勋章般
带着的所有东西，
我们都抛到海底，
我们过去所学的一切
于我们未曾有益：
我们重新开始，
我们再次终结
死与生。
在这儿我们存活，
纯纯净净，带着我们所创造的纯净，
开阔，胜过不会让我们迷路的地球，
永恒，一如只要生命长存

便将永远燃烧的火。

4

走笔至此，我的手停了下来。
有人问：“告诉我，为什么，如同浪
涌向同一海岸，你的话语
不断地前往、返回她的身体？
她是你唯一钟爱的形体吗？”
我回答：“我的手从不厌倦
她，我的吻没有休止，
我为什么要撤回那些
重现她情爱缠绵痕迹的话语，
那些封存着——即便徒劳
如以网装水——
最纯净生命浪潮
之表面与温度的话语？”
亲爱的，你的身体不只是
在阴影或月光中升起的玫瑰，
不只是移动或燃烧，

血之行为或火之花瓣，
而且为我带来
我的领土，我童年的黏土，
燕麦之浪，
我自森林摘回的
暗色水果的圆形皮肤，
木材与苹果的香气，
秘密果实与深沉树叶落入的
隐匿水域的色泽。
啊爱人，你的身体
如瓮的纯粹线条
从认识我的大地升起，
当我的感官找到你，
你悸动，仿佛雨水和
种子在你体内不断落下。
啊，让他们告诉我如何
才能废除你，
让少了你形体的我的双手
将火从我的话语攫离。

温柔的人儿，请在这些诗行里
歇息你的身子，这些诗得之于你的
多过你的抚摸带给我的，
请居住于这些话语并在其中
重历甜蜜与火，
在它们的音节间颤抖，
安睡于我的名字，一如你已
安睡于我心之上，如是明天
我的话语将保留
你形体的空位，
任何在未来某天听见它们的人将领受
小麦和罂粟的阵风；
爱的身躯仍将
呼吸于大地之上！

5

小麦和水和水晶
或火的丝线，
文字和夜晚，

工作和愤怒，
阴影和温柔，
逐渐地，你把它们全缝
进我破旧的口袋，
亲爱的，你等候我，
不仅在爱情与殉道孪生
如两个消防铃的
颤动的地带，
并且在最最微小的
甜蜜责任里。
意大利金色油打造出你的光轮，
烹饪与缝纫的圣者，
你梳妆弄姿
流连于镜前，
以你生有让茉莉
嫉羡的花瓣之手
清洗碗盘和我的衣物，
消毒伤口。
亲爱的，你有备而来，

以罂粟和游击队员之姿
参与我的生命：
我用饥与渴敲击出的
光辉是丝质的，
只为你一人而被我带来这世界，
而丝的背后
是和我并肩作战的
铁女。
爱人啊，爱人，就是这里。
丝与金属，请挨近我的嘴。

6

而因为爱情会争斗
不仅在其燃烧的农事里
也在男人们和女人们的嘴里，
我终将采取攻势
击退试图将黑脚伸入
我的胸膛和你的芬芳之间的那些人。
他们再怎么说我坏，

亲爱的，也不会多过我
亲口告诉你的。
在认识你之前
我生活在草原，
我不枯等爱情，而是
埋伏，伺机扑向玫瑰。
他们还能告诉你什么？
我不好也不坏，只是一个男人，
而他们接着会把你也知道的
我生命的危险加上去，
我那你曾以热情分担的危险。
嗯，这危险
是爱的危险，全心全意
去爱整个人生，
去爱众生的危险。
如果这爱带来的是
死亡或牢狱之灾，
我相信你那双大眼睛
在我亲吻它们时，

将会骄傲地合上，
带着双重的骄傲，亲爱的，
你的和我的骄傲。
但是他们首先会朝我的耳朵
暗中破坏那座以将我俩绑在一起的
甜蜜而苦涩之爱筑成的高塔，
他们会说："你所爱的
那女人
根本配不上你，
你为什么爱她？我觉得
你可以找到更漂亮，
更正经，更有深度，
有更多其他优点的，你懂的，你瞧她多轻浮，
她的头真古怪，
你瞧她的穿着，
以及诸如此类的。"
而在这些诗行里我说：
我就是因此爱你，爱人啊，
爱人啊，我就是因此爱你，

爱你的穿着，
爱你高耸的
头发，爱你
嘴角牵起的笑意，
轻盈有如泉水
飞溅过纯净的石头，
我就是因此爱你，亲爱的，
我不求面包教导我，
只求它在生命的每一天
不要遗漏了我。
我对光一无所知，它的
来处，它的去处，
我只求光能发光，
我不求夜
解释，
我等候它，而它笼罩我，
而这就是你，面包
和光，和阴影。
你带着你带来的东西

走进我生命，

我等候你，

你由光和面包和阴影做成，

而如是我需要你，

如是我爱你，

那些想在明天从我嘴里听到我

不会向其透露之事的人，让他们读这里的诗句，

让他们今天先行退出，因为争论这些

尚嫌太早。

明天我们将只给他们

一片从我们爱情之树摘下的叶子，一片

仿佛用我们的唇打造、

将会掉落大地的叶子，

像一个吻，从

我们无与伦比的高度落下，

向世人昭告真爱的

火与温柔。

祝婚歌

你还记得我们
在冬天
到达此岛的时刻吗？
海洋向我们高举
寒冷之杯。
墙上爬藤喃喃
自语，任由
暗黑的叶子落下，
在我们经过时。
你也是一片
在我胸口颤动的小叶子。
生命之风将你吹送至此。
起初我未看见你：我不知道
你正与我同行，
直到你的根
刺入我的胸膛，
连上我的血液之线，
透过我的嘴说话，
与我一同蓬勃生长。

你如是不经意地出现，
如隐形的树叶或枝椏，
突然之间我心
充满果实和声音。
你住进那间
在黑暗中等待你的屋子，
然后点亮灯火。
亲爱的，你可还记得
初抵岛上的我们的脚步声？
灰色石头认得我们，
阵阵的骤雨，
阴影里呼号的风也是。
但火是
我们唯一的朋友，
在它旁边我们
以四臂环抱
甜美的冬日之爱。
火看见我们赤裸之吻上升
直达隐匿之星辰，

它看见忧伤诞生又死亡，
像一把断剑
臣服于无敌之爱。
你可记得，
啊，我影子里的沉睡者，
睡梦如何在你体内
生成，
从挺着一对圆顶
向海，向岛屿之风敞开的
你裸露的胸脯，
我在你梦里航行，
自由自在，乘浪随风，
却又被捆着沉入
你甜蜜的蓝色海域？
噢亲爱，亲爱的，
春天改变了
岛屿之墙。
开出一朵看似橙色
血滴的花，

而后色彩释放出
所有纯粹的重量。
海再次征服它的透明，
夜晚在天空
分遣其星团花簇，
如今万物轻声呼唤
我们的爱之名，一颗一颗石头地
说出我们的名，我们的吻。
石与青苔的岛屿
在洞穴的秘密中回响
有如你嘴里唱的歌，
在石缝间
出生的花朵
以其秘密的音节
在经过时道出你如
燃烧的树般的名字，
而陡峭的山岩，高挺
如世界之墙，
听懂我的歌，最亲爱的，

万物诉说

你的爱，我的爱，亲爱的，
因为大地，时间，海洋，岛屿，
生命，潮汐，
泥土中嘴唇
半开的种子，
狼吞虎咽的花，
春之律动，
万物皆认得我们。
我们的爱诞生
于墙外，
于风中，
在夜晚，
在土里，
正因为如此，黏土与花朵，
泥与根
知道你的名字，
知道我的嘴
和你的合而为一，

因为我们一起被播种于土里，
却唯独我们被蒙在鼓里。
我们一起成长，
一起开花，
因为这缘故，
我们经过时，
你的名字在石上生长的
玫瑰花瓣上，
而我的名字在石缝间。
它们无所不知，
我们无秘密可言，
我们一起长大
却浑然不觉。
海洋知道我们相爱，高山上的
石头知道
我们的吻以无边的纯真
开出鲜花，
仿佛石缝中有张绯红的
嘴露出：

就像我们的爱和吻
让你我的嘴
结合于一朵永恒的花中。
爱人啊，
甜蜜的春天，
花和海洋，环绕着我们。
我们不曾用它
换取我们的冬天，
当风
开始破译如今它整日反复叫唤的
你的名字，
当
树叶不知道
你是一片叶子，
当
树根
不知道你在我胸口
寻找我。
爱人啊，爱人，

春天
赐予我们天空，
但黑暗的大地
是我们的名字，
我们的爱情属于
所有时间和大地。
彼此相爱，我的手臂
在你沙一般的颈下，
我们将等候
一如岛上
大地和时间变易，
一如叶子自
沉默的爬藤落下，
一如秋天破窗
离去。
但我们
会等待
我们的朋友，
我们红眼的朋友，

火，

当风再次

摇撼岛屿的边界

却不知晓每个人的

名字，

冬天

会来找我们，亲爱的，

自始至终

它都会来找我们，因为我们认识它，

因为我们不畏惧它，

因为我们

永远

有火

相伴，

永远

有大地

相伴，

永远

有春天相伴，

当一片叶子
自爬藤
落下，
亲爱的，你知道
那片叶子上
写了谁的名字，
一个你我共有的名字，
我们的爱之名，独一的
个体，将冬日刺穿
之箭，
无敌之爱，
白日之火，
落在我胸口的
一片叶子，
一片叶子，来自
生命之树——
它筑巢歌唱，
生根，
开花又结果。

如是，亲爱的，你看见
我如何
绕行这岛屿，
绕行这世界，
安然地，在春日中，
疯狂地，在冷光中，
平静地，在烈火中行走，
双臂高举
你花瓣之重量，
仿佛我从未移动脚步
除非与你，我的灵魂，同行，
仿佛我寸步难行
除非有你相伴，
仿佛我无法歌唱
除非有你唱和。

途中信札

别了，但你会和我
在一起，你会走进
循环于我血管中的一滴血里，
或在外面，一个让我脸颊发热的吻，
或者一条在我腰间的火腰带。
我的爱人，请接受
这涌自我生命的伟大的爱，
它在你身上找不到领土，
仿佛探险者迷失于
面包和蜂蜜的岛屿。
我在暴雨后
找到你，
雨洗净了空气，
在水中
你甜美的脚像鱼一样闪闪发光。

亲爱的，我奔赴战斗。

我将在地上为你挖一个洞，

那儿，你的船长
将等着你，床上铺满鲜花。
我的可人儿，别再想
那痛苦，
它像一道磷光
横过我们之间，
也许在我们身上留下烙印。
和平也已到临，因为我返回
我的土地战斗，
而由于我有一颗完整的心，
里面有你给我的永恒的
血，
且由于
我有
印满你赤裸形体的我的两只手，
请看我，
请看我，
看我粲然地航过海，
看我航过夜，

那海与夜是你的一双眼睛。
我离去时并没有离开你。
现在我要告诉你：
我的土地就是你的土地，
我要征服它，
不只为了送给你，
也要送给所有的人，
送给我所有的同胞。
有一天，盗贼会跑出他的巢穴。
侵略者会被赶走。
所有生命的果实
会在曾经熟习火药的
我的手上生长出。
我会知道如何轻触新生的花朵
因为你教给我温柔。
我亲爱的可人儿，
你会来与我一起去战斗肉搏，
因为你的吻像一面面红旗
住在我心，

而如果我倒下了，不只
大地会覆盖我，
你带给我且在我血液中循环涌动的
这伟大的爱也会。
你会来与我一起，
在那一刻，我等候你，
在那一刻，在每一刻，
在每一刻，我等候你，
当可恨的悲伤前来
敲你的门，
告诉它，我在等候你，
当寂寞要你换掉
写有我名字的戒指，
告诉寂寞来跟我谈，
告诉它，我不得不离开
因为我是一名士兵，
告诉它此刻我在何处，
在雨中或
火中，

我的爱人，我等候你。
我等候你，在最恶劣的沙漠，
在盛开的柠檬树旁，
在每一个有生命的地方，
在春天诞生之处，
我的爱人，我等候你。
当他们告诉你“那个人
并不爱你”，请记得
我的脚在那夜里多么孤单，它们寻找
我所爱的那双甜美的小脚。
亲爱的，当他们告诉你
我已经把你忘了，哪怕是
出自我口，
当我这样说时，
请别信我，
有谁，有何方法，能将
你割离我心，
又有谁能收受
我的血

当我鲜血淋漓走向你?
但我仍然无法
忘记我的同胞。
我要在每一条街上,
每块石头的后面战斗。
你的爱情也帮助我:
它是一朵闭合的花
不断地以其芬芳充实我,
在我体内像一颗巨大的星星
突然绽放。

我的爱人,这是夜。

黑色的水,沉睡的
世界围绕着我。
黎明很快会到来,
而此际我写这么多
是为了告诉你:“我爱你。”
告诉你“我爱你”,请照料,

洁净，鼓舞，
护卫
我们的爱情，亲爱的。
我把它留给你，就像留给你
一把含着种子的泥土。
生命将从我们的爱情诞生。
他们将从我们的爱情啜饮水。
也许有一天
一个男人
和一个女人，一如
我们，
将触摸这爱情，而它仍然有力量
灼烧那触摸它的手。
我们是谁？那有什么要紧？
他们将触摸这火，
而这火，我的可人儿啊，将说出你简单的名字
以及我的，唯有你
知道的名字，因为这世上
唯有你一人知道

我是谁，因为没有人能如你的，
如你的一只手那样地了解我，
因为没有人
知道我的心如何
燃烧，何时燃烧：
只有
你棕色的大眼睛知道，
你宽阔的嘴巴，
你的皮肤，你的乳房，
你的肚子，你的心肠，
以及被我唤醒，以便
持续歌唱直至生命
尽头的你的灵魂。

亲爱的，我等候你。
别了，亲爱的，我等候你。
亲爱，亲爱的，我等候你。

这封信如是结束，

全无悲伤：

我的脚坚立于地上，

我的手在途中写这信札，

在生命途中，我将

永远

与朋友同在，面对敌人，

我的嘴含着你的名字

和一个永不会与

你的嘴分离的吻。

一百首爱的十四行诗

Cien sonetos de amor

1959

献辞：给玛蒂尔德·乌鲁蒂亚

我钟爱的妻子，我在写这些被讹称为“十四行诗”的诗作时，饱受折磨；它们令我心痛，惹我神伤。但题献给你时，我心中所感受到的喜悦像大草原一样辽阔。着手此一写作计划时，我深知自古以来诗人们早就从各个面向，以优雅出众的品位，为十四行诗营造出像白银、像水晶、像炮火一样的声韵；然而，我十分谦卑地，以木头为质料创作这些十四行诗，赋予它们那不透明的纯粹物质的音响，传送到你耳边。在森林里、沙滩上，在隐蔽的湖畔、灰烬点点的地区散步时，你和我曾捡拾天然的材枝，那些随流水和天候来去的木块。我以小斧头、弯刀和小折刀，用如此柔软的废弃物，打造这些爱的材堆；我以十四块厚木板，搭盖每一间小屋，好让我爱慕歌颂的你的眼睛居住其中。述说完我的爱情根基，我将这个世纪交付于你：木质的十四行诗于焉兴起，只因你赋予了它们生命。

一九五九年十月

早晨

Mañana

1

玛蒂尔德：植物，岩石，或酒的名字，
始于土地且久存于土地的事物之名，
天光在它成长时初亮，
柠檬的光在其夏日迸裂。

在这个名字里木制的船只航行，
被团团海蓝的火环绕：
它的字母是河水，
流入我焦干的心。

啊，显露于藤蔓下的名字，
仿佛一扇门通向不知名的隧道，
通向世界的芬芳！

啊，用你炽热的嘴袭击我，
如果你愿意，用你夜的眼睛讯问我，
但让我航行于你的名里并且安睡。

2

爱人，要到达吻，路何其漫长，
要多少流浪的寂寞才能有你为伴！
火车在雨中孤独地继续前驶。
在塔塔尔春天尚未露出春光。

但是你和我，爱人，我们在一起，
从衣服直到根部皆在一起：
一起在秋天，在水中，在臀部，
直到只有你，只有我，在一起。

想想河水夹带多少石头，
一路流抵博罗亚河出口；
想想重重火车与国家的阻隔，

你和我需要的只是彼此相爱：
和万物混合，和男人，和女人，
和孕育、教养康乃馨的大地。

3

苦涩的爱，以荆棘为冠的紫罗兰，
充满刺人的热情的灌木丛，
忧伤之矛，忿怒之花冠，
你经由什么途径，如何走向我的灵魂？

你为何突然将你痛苦之火
抛扔于我生命冰凉的枝叶间？
是谁指引你来路？什么花，
什么岩块，什么烟带领你到我的居所？

骇人的夜确实颤动着，
黎明将所有的高脚杯斟满了酒，
太阳向天下昭告它的存在，

而残暴的爱无止歇地缠绕着我，
直到它以利剑、以荆棘刺穿我，
在我心中开出一条焦灼的路。

4

你将记得那变化莫测的溪谷，
在那儿悸动的香气上扬，
有时候飞来一只鸟，穿着
水色和悠然：冬天的衣饰。

你将记得那些大地馈赠的礼物：
暴躁的芬芳，金黄的泥土，
灌木丛中的野草，疯狂蔓生的树根，
利如刀剑的奇妙荆棘。

你将记得你带来的花束，
阴影与寂静之水的花束，
仿佛缀满泡沫的石头般的花束。

那段时光似乎前所未有，又似乎一向如此：
我们去那里，一无所求，
却发现所有东西都在那儿等候。

5

不要让夜，大气或黎明碰触你，
只让大地，累累花果之德，
随清水的歌声成长的苹果，
你芬芳家国的泥土和树脂。

从你眼睛的起点金查玛利
到在弗兰提拉为我而造的你的双足，
你是我熟稔的黑黏土：
在你臀部我再次触到所有麦子。

阿劳科女子啊，你或许不知道
在爱你之前我忘了你的吻，
我的心却一直记得你的嘴，

而我像伤患般穿行过一条条街道，
直到明了我早已觅得，
啊爱人，我的吻和火山的领土。

6

在森林中走失，我折下一根暗黑的细枝，
将它发出的细语举向我干渴的唇：
那也许是哭泣的雨水，
龟裂的钟，或撕碎的心的声音。

某种传自远方的东西，听起来
深沉而秘密，被大地所覆盖，
啊被广大秋天，被树叶半掩、潮湿的
阴暗所蒙蔽的呼喊。

自树林的梦中醒来，
榛树的嫩枝在我舌下歌唱，
它飘浮的香味攀爬过我清明的心，

仿佛被我遗弃的根突然间
又来寻我，那随童年逝去的国度——
我停了下来，被漫游的香气所伤。

7

“随我来吧。”我说——没有人知道
我的苦痛在哪儿，或如何悸动，
没有人送我康乃馨或船歌，
除了爱情划开的一道伤口。

我又说了一次：随我来吧，犹如临终遗言，
没有人看到在我口中淌血的月亮，
没有人看到那向寂静升起的血液。
啊爱人，让我们忘掉那多刺的星！

那就是为什么，当我听到你的声音重说出
“随我来吧”，觉得你似乎释放了
被囚禁的酒的忧伤，爱，和愤怒，

砰砰然自酒窖深处涌起：
我的嘴再次尝到火的滋味，
血和康乃馨，岩石和烫伤的滋味。

8

如果你的眼睛不是月亮的颜色，
不是充满黏土、工作和火的日子的颜色，
如果你不是受监禁时仍能灵活如风，
如果你不是琥珀色的星期，

如果你不是黄色的时刻
当秋天攀爬于藤蔓间；
如果你不是芬芳的月亮所揉制的
面包，面粉遍撒于天际，

噢，最亲爱的，我便不会爱你！
当我拥你入怀，我便拥有了一切——
沙子，时间，雨树，

万物生机勃勃，我遂能生机勃勃：
我无须移动即可看到一切：
在你的生命中我看到一切生命。

9

海浪在不安的岩块上碎裂，
明亮的光在那儿迸破，绽放出玫瑰，
海的圆周缩小成为一束花苞，
成为一滴蓝色的盐而落下。

噢，绽放于泡沫的木兰花，
迷人的过客，它的死亡开花
又消逝，周而复始地出现，消失：
破碎的盐，令人目眩的海的运动。

你和我，爱人啊，让我们一同封住沉默，
当海洋摧毁它无止境的雕像，
推倒它冲动的白塔，

因为在漫漫水波和滚滚沙石
交织成的隐形织物里，
我们支撑起独一且多难的温柔。

10

这美是轻柔的，仿佛音乐与木头，
玛瑙，布，小麦，透明的桃子，
打造出一座昙花一现的雕像。
她迎着浪散发出她对立的新鲜。

海水溅湿那些晒黑的脚——它们
刚刚在沙上雕刻出脚印。
如今她阴柔的玫瑰之火
是与太阳和海搏斗的唯一泡沫。

啊，但愿碰触你的只是冰冷的盐！
但愿爱情不会破坏那完好的春日！
美丽的女人，无尽泡沫的回声，

愿你雕像般的臀部在水中舞出
天鹅或百合的新韵律，
当你的身影漂浮过那永恒的水晶。

11

我想望你的嘴，你的声音，你的发。
沉默而饥渴地，我游荡街头。
面包滋养不了我，黎明让我分裂，
一整天我搜寻你两脚流动的音响。

我渴望你滑溜溜的笑声，
你那有着丰收色泽的双手，
渴望你苍白玉石般的指甲，
我想吃掉你的皮肤像吞下一整颗杏仁。

我想吃掉在你可爱的体内闪耀的阳光，
你骄傲的脸庞上至高无上的鼻子，
我想吃掉你眼睫上稍纵即逝的阴影。

我饥渴地四处走动，嗅寻霞光，
搜寻你，搜寻你炽热的心，
像基特拉杜荒原上的一头美洲豹。

12

丰满的女人，肉做的苹果，滚烫的月亮，
海草、泥浆和捣碎的光浓郁的气味，
是什么样幽暗的明亮在你的圆柱间开启？
男子以感官触摸到的是什么样古老的夜？

噢，爱是一趟与水和星星同行的旅程，
与溺水的大气和面粉的暴风雨；
爱是闪电的撞击，
是臣服于一种蜂蜜的两个身体。

吻复一吻我漫游于你小小的无限，
你的边界，你的河流，你的小村落；
而转化为快感的生殖之火

悄悄穿行过狭窄的血道，
直到它快速倾泻如夜晚的康乃馨，
直到它似实实虚，如一道暗中的光。

13

从你双脚上升到发际的光，
那包裹你纤柔躯体的力量，
不是珍珠母，不是冰冷的银：
你是面包做的，烈火爱慕的面包。

面粉在你体内建立粮仓，
在幸福的年岁增长，高涨：
当面团使你的乳房加倍隆起，
我的爱是在土中待命的煤炭。

啊，你的额头是面包，你的腿是面包，
你的嘴也是，被我吞食，随晨光而生的面包，
我的爱，你是面包店的旗帜，

火教给了你血的课程，
你自面粉体认到自己的神圣，
自面包学会你的语言和芳香。

14

我没有足够的时间颂扬你的头发。
我应该一根根细数并且赞美它们：
别的爱人希望和美目共同生活，
我只想当你的美发师。

在意大利你被命名为“美杜莎”，
因为你鬈曲而高耸的发光。
我称你“卷发的”，“我的乱蓬蓬的”；
我的心对你头发的门径了如指掌。

当你迷失于自己的发中，
不要忘了我，要记得我爱你。
别让我徘徊不定——离开了你的发——

穿过那由这么多唯见阴影与
短暂哀愁的街道构成的黑暗世界，
直到太阳升起，照亮你发上的高塔。

15

大地已认识你很久了：
你像面包或木头一样结实，
你是实体，一簇牢靠的物质，
具有刺槐和金色蔬菜的重量。

我感知你的存在，不仅因为你的眼睛飞旋
将光洒落万物，如开启的窗子，
同时因为你是泥塑的，在奇廉，
在惊愕的泥砖窑里烧制而成。

生命溢散如空气，如水，如寒冷，
模糊不清，被时间一碰便消失，
仿佛在死前即碎为细屑。

但你我将如岩石般坠入坟里：
因为我们永不磨蚀的爱，
地球将随我们生生不息。

16

我喜欢像一块土地的你，
因为在它星球般的草原
我别无其他星星。你复制了
不断繁衍的宇宙。

你宽广的眼睛是我窃自
已毁星座的亮光；
你的皮肤颤动有如彗星
划过雨中留下的纹路。

对我而言你的臀部颇有月亮之姿；
你深邃的嘴和它洋溢的喜悦，像太阳；
你的心，燃着火辣辣的红光，

是强光的化身，仿佛阴影中的蜂蜜。
我于是行过你躯体之火，亲吻你——
小小的，行星般，鸽子般，地理般的你。

17

我爱你，但不把你当成玫瑰，或黄宝石，
或火光四射的康乃馨之箭。
我爱你，像爱恋某些阴暗的事物，
秘密地，介于阴影与灵魂之间。

我爱你，把你当成永不开花
但自身隐含花的光芒的植物；
因为你的爱，某种密实的香味
自大地升起，暗存于我体内。

我爱你，不知该如何爱，何时爱，打哪儿爱起。
我对你的爱直截了当，不复杂也不傲慢；
我如是爱你，因为除此之外我不知道还有什么方式：

我不存在之处，你也不存在，
如此亲密，你搁在我胸前的手便是我的手，
如此亲密，我入睡时你也合上双眼。

18

你穿山越岭像一阵微风，
或雪下涌出的急剧的水流：
你颤动的头发密密丛丛，
仿佛太阳高耸的饰物。

高加索所有的光洒落你的身体，
像小小的花瓶，无止境地折射，
瓶水随河水透明的流动
不停变换衣服和歌曲。

古战道蜿蜒穿过山脉，
而下方，在矿物之手的壁垒间，
水像利剑一般凶猛发光，

直到你忽然收到树林子送的
开了几朵蓝花的枝条或闪电，
以及狂野香味的奇特之箭。

19

当黑岛巨大的海沫，
蓝色的盐，浪里的阳光溅在你身上，
我看着工作中的蜜蜂
专注于其宇宙里的蜂蜜。

它来来去去，笔直金黄地平稳飞行
仿佛滑行于隐形的铁丝上：
它的舞姿优雅，它的腰充满渴望，
它无情的小针伺机暗杀。

它的彩虹由石油和橘子构成，
它搜寻如草丛里的飞机，
它带着钉子的声响飞过，消失，

而你自大海裸身而出
重回那满是盐分与阳光的世界：
反射的雕像，沙中之剑。

20

我的丑人儿，你是一粒未经梳理的栗子，
我的美人儿，你漂亮如风，
我的丑人儿，你的嘴巴大得可以当两个，
我的美人儿，你的吻新鲜如西瓜。

我的丑人儿，你把乳房藏到哪里去了？
它们干瘦如两杯麦粒。
我更愿意见到两个月亮横在你的胸前，
两座巨大的骄傲的塔。

我的丑人儿，大海的店铺里找不到你这样的指甲，
我的美人儿，我一朵一朵花，一颗一颗星，
一道一道浪地为你的身体，亲爱的，编了目录：

我的丑人儿，我爱你，爱你金黄的腰，
我的美人儿，我爱你，爱你额上的皱纹，
爱人啊，我爱你，爱你的清澈，也爱你的阴暗。

21

噢，但愿爱情将其滋味布满我身，
不要再有片刻见不到春天，
我只将我的手卖给了忧伤，
此刻，最亲爱的，请留下吻与我相伴。

用你的芳香遮蔽这敞开的月份的光，
用你的头发关闭所有的门。
而别忘了，我若哭着醒来
那是因为在梦中我只是个迷途的小孩

穿过夜晚的树叶寻找你的手，
寻找你小麦似的爱抚，
阴影和活力闪烁的狂喜。

噢我的至爱，那儿除了阴影别无一物：
你陪我走过你的梦境，
且告诉我光何时归返。

22

多少次，爱人啊，我爱你却不见你，不记得你，
认不出你的目光，没有注意到你，一株
生错地方，曝晒于正午的矢车菊：
你只是我爱的谷物的味道。

或许我见过你，想象你举起酒杯
在安格尔，映着六月的月光；
或者你是我在阴影里拨弄的那把吉他
的腰身，那把声如汹涌大海的吉他？

我爱你却不自知，我搜寻着你的记忆。
我拿着手电筒闯进空屋偷取你的相片，
然而我早知你的模样。突然间，

你就在我身边，我抚摸了你，我的生命停止：
你立在我眼前，女王般统治着。
仿佛森林中的篝火，火焰是你的疆土。

23

以火为光，以怨恨的月亮为面包，
茉莉花复制其繁星点点的秘密；
一份骇人的爱，一双柔白的手
给了我的眼睛和平，给了我的感官太阳。

噢爱人，你何其快速地在伤处
构筑了甜蜜的坚定，
你击退了邪恶、嫉妒之爪，
而今我俩合为一体立于世界之前。

过去如此，现在如此，未来如此，
狂放甜美的爱人，最亲爱的玛蒂尔德，
直到时间为我们指明白日最后的花朵。

届时将无你，无我，无光：
而在地球和阴影的另一端，
我俩爱的光辉仍将生机盎然。

24

爱人啊，爱人，云朵升上天空之塔
像得意扬扬的洗衣妇，
一切蓝光辉耀，一切如一颗星，
海洋，船只，日子齐遭放逐。

来看那繁星灿烂之水上的樱桃树
以及快速宇宙的圆形密码；
来触摸这仅蔚蓝片刻的火焰，
趁它花瓣尚未凋萎之际。

这里只有光，大量的，成串的，
被风的美德所开启的空间，
直到它交出泡沫最终的秘密。

置身于诸般天空之蓝、沉没之蓝中，
我们的眼睛有点迷惑，几乎无法察见
大气的力量，海面下的密码底本。

25

在爱你之前，啊爱人，我一无所有：
我踌躇于市街上，摆荡于物品间：
一切都无关紧要，都没有名字：
世界由守候的空气构成。

我熟悉满布灰尘的房间，
月亮所住的隧道，
道别的严酷的飞机棚，
固执于沙中的疑问。

一切皆空无，僵死，喑哑，
堕落，废弃，腐朽：
一切超乎想象的陌生，

一切是别人的，又不属于任何人，
直到你的美貌和贫穷
为秋天带来丰盛的礼物。

26

无论是伊基克可怖沙丘的色泽，
或危地马拉杜瑟河的河口，
都改变不了你那臣服于小麦的轮廓，
你大葡萄般的身姿，吉他一般的嘴巴。

噢我的心上人，自万物沉寂以来，
从纠缠的藤蔓所统领的丘陵地
到荒凉的银灰色大草原，
大地的每一片美景都是你的翻版。

然而不论是矿山孤僻的手，
或西藏的雪，或波兰的石头，
都改变不了你那游走的谷物般的丰姿：

仿佛奇廉的黏土或小麦，吉他或成串
花果，在你身上固守其疆土，
执行野蛮月亮之指令。

27

裸体的你单纯如你的一只手，
光滑，朴拙，小巧，圆润，透明，
月亮的线条，苹果的小径，
裸体的你纤细有如赤裸的麦粒。

裸体的你蔚蓝如古巴的夜色，
藤蔓和星群在你发间。
裸体的你，辽阔澄黄，
像夏日流连于金色的教堂。

裸体的你微小如你的一片指甲，
微妙的弧度，玫瑰的色泽，直至白日
出生，你方隐身地底，

仿佛沉入衣着与杂务的漫长隧道：
你清明的光淡去，穿上衣服，落尽繁叶，
再次成为一只赤裸的手。

28

爱人啊，从种子到种子，从行星到行星，
风之网以及其昏暗之国家，
战争以及其血腥之鞋，
甚或带刺的日与夜。

我们所到之处，岛屿或桥或旗帜，
尽是千疮百孔的短暂秋日的小提琴，
快乐在酒杯边沿发出回响，
忧伤用眼泪的课程牵绊我们。

风在所有共和国开展其
逍遥法外的旗帜，冰状的头发，
而后让花朵重回工作岗位。

但在我们体内秋天从未枯萎。
在我们不动的故土，爱情发芽，滋长，
授予我们露珠的权利。

29

你来自南方贫穷的家庭，
寒冷多地震的艰苦区域，
那儿神们自己也朝死亡滚去，
仍教我们向黏土学习生活。

你是黑黏土塑成的小马，黑泥
造的吻，亲爱的，你是黏土做的罂粟，
飞驰于路上的薄暮的鸽子，
我们贫苦童年的泪的扑满。

女孩，你总是保有一颗贫穷的心，
保有一双习惯于石块的贫穷的脚，
你的嘴巴常不知面包或糖果的滋味。

你来自滋养我灵魂的贫苦的南方：
在它的天上，你的母亲与我的母亲仍
一同洗衣。我因此选你为伴侣。

30

你有着群岛落叶松似的浓密秀发，
数百年的岁月做成的肉身，
见识过森林树海的静脉，
自天空滴进回忆的绿色血液。

无人能找回我失落的心，
自所有的根，自因水的狂怒
倍加鲜亮刺眼的阳光。
那是不尾随我的阴影的居所。

为此你像岛屿般自南方升起，
缀满羽毛、木料，且以之为头冠，
而我闻到那些漂流森林的气味，

我寻到在树林子里见过的暗色蜂蜜，
我抚摸你臀上那些阴郁的花瓣，
它们随我而生，形成我的灵魂。

31

让我以南方的桂树和洛塔的牛至树
为你加冕，我骨头的小君主。
你不能没有那顶大地
以香脂和绿叶为你编织的后冠。

和你的爱人一样，你也来自绿色省份：
从那儿我们带来流动于我们血液的泥土。
我们走在城市里，像许多人一样，迷路了，
深恐市集已打烊。

最亲爱的，你的影子有李子的芬芳，
你的眼睛植根于南方，
你的心是扑满般的鸽子，

你的身体像水中的石子一样光滑，
你的吻是新鲜带露的成串果子，
生活有你相伴，形同与大地同居。

32

早晨的屋子：真理混作一团，
毯子和羽毛，一日方始却已
乱了方向，漂浮如可怜的小船
在秩序与睡梦的水平面之间。

物品只想拖着遗骸前行，
无目标的追随，冷冷的遗产，
文件藏匿起它们萎缩的元音，
瓶中的酒偏爱延续昨日。

赋予万物秩序的人儿啊，你闪烁其间
像只蜜蜂将触角探向深陷黑暗的区域，
你用你白色的能源征服光。

你如是建构了一种新的明晰：
物品欣然臣服于生命之风，
井然之序让面包，鸽子各安其位。

中午
Mediodía

33

亲爱的，我们现在要回家了，
回到葡萄藤爬满台阶的家：
裸体的夏季踩着忍冬的步伐，
将在你到达前到达你的卧房。

我们游牧的吻浪迹天涯：
亚美尼亚，滴滴掘出的浓蜜，
锡兰，绿色的鸽子，还有扬子江
以悠久的耐性将白日与黑夜分开。

而今，最亲爱的，越过澎湃的海洋
我们归返，像两只盲鸟飞回墙头，
飞回遥远春天的窝巢。

因为爱无法不眠不休地飞翔：
我们的生命回到海的石头或墙壁，
我们的吻回归我们的领土。

34

你是海的女儿，也是牛至树的表亲，
你是泳者，身体纯净如水，
你是厨子，血液鲜活如土壤，
你的一举一动充满花色，富含土香。

你的眼眸投向海洋，浪潮便满涨；
你的手伸向大地，种子便鼓胀。
你明了水和大地的深沉本质，
两者在你身上合而为一，像黏土的配方。

水之精灵啊，你的身体被绿松石切割，
而后在厨房里复活，灿放，
你如是成为存在的万物，

而最后安睡于我双臂的环抱中，为你
推开阴影，好让你歇息——
蔬菜，海藻，芳草：你梦中的泡沫。

35

你的手自我的眼睛飞入白昼。
光进入，像一丛灿开的玫瑰。
沙和天空搏动着，有如
绿松石雕成的全盛期蜂巢。

你的手轻触叮当作响的音节，轻触
杯子，盛满黄油的油壶，
花瓣，喷泉，还有最重要的，爱，
爱：你纯净的手护卫着汤勺。

等傍晚到临。夜悄悄地将它的天舱
置于男子睡梦的上方。
忍冬释出悲伤、野生的气味。

而后你飞翔的手又飞了回来，
合上我原本以为不知去向的羽翼，
在被黑暗吞噬的我的眼睛上方。

36

我的心上人，芹菜和木槽之女王，
纱线和洋葱之小豹，
我喜欢看你的迷你帝国火花闪耀：
你的武器是蜡，酒，油，

大蒜，被你双手开启的土壤，
在你手中点燃的蓝色物质，
化梦境为色拉的转世本领，
缠绕于浇水用软管上的蛇。

你，带着撩拨香味的镰刀，
你，带着发号施令的肥皂泡，
你，爬上我发狂的梯子和楼梯。

你，掌管我字迹的特质，
且在笔记本的沙粒里找到那些
正在觅寻你芳唇的迷途的音节。

37

噢爱人，噢疯狂的阳光和紫色的威胁，
你前来造访并且登上你那清凉的楼梯，
那座被时间以烟雾加冕的城堡，
关闭的心苍白的墙壁。

没有人知道只有细腻的关切
才能建构它城市般坚固的水晶；
没有人知道血液喷涌凿开了忧伤的隧道，
但无力推翻冬日的统治。

因为这样，爱人啊，你的嘴，你的皮肤，你的光，
你的悲伤都是生命的传家之宝，来自雨水，
来自大自然的神圣礼物，

那紧握并举起丰实种子的大自然，
地窖中的酒所酿造的秘密风暴，
土壤中的谷物所闪现的火光。

38

正午时分你的屋子听似一列火车，
蜜蜂嗡嗡叫，锅子在歌唱，
瀑布替水珠的作为编写目录，
你的笑声展开棕榈树的颤音。

墙上的蓝光和岩石交谈；
像以口哨吹唱电报的牧羊人般到来，
在两株声音青翠的无花果树之间，
荷马穿着轻巧无声的鞋登上山丘。

唯有在这儿城市可以无声无忧，
没有永恒，没有奏鸣曲，嘴巴，或汽车喇叭；
只有瀑布与狮子的对话，

还有你，上楼，唱歌，奔跑，行走，弯腰，
种植，缝纫，烹饪，锤打，写字，返家，
或者你已离去——而我知道冬天已然降临。

39

然而我忘了你的手曾经喂饱
根部，替纠缠的玫瑰浇水，
直到你的指纹也开了花
沉浸于大自然一片安详之中。

锄头和水像你的宠物一样
亦步亦趋伴随着你，咬啮舔舐大地，
就像这样，你工作，迸发
繁殖力，康乃馨火样的鲜丽。

愿你的手拥有蜜蜂的爱和尊严，
在土里糅杂它们透明的家族，
甚至在我的心田耕耘，

使我像一块烧焦的岩石，
在你挨近时突然歌唱，因为它啜饮的是
经由你的声音输送来的森林之水。

40

寂静一片翠绿，光潮湿，
六月如蝴蝶般颤动，
而玛蒂尔德啊，你在南方领地，
从海和岩石走来，穿越正午。

你满携含铁的花朵，
遭南风折磨复遗忘的海藻，
但你那双白皙依旧、因盐分腐蚀而
龟裂的手，自沙中举起谷穗。

我爱你纯净的礼物，你那如完好石块的皮肤，
你指端阳光璀璨的献礼：指甲，
你那满溢喜悦的嘴巴。

但，为了我深渊旁的屋子，
请给我苦恼的寂静的体系，
被遗忘在沙里的海之楼阁。

41

一月的厄运，当冷漠的
正午在天空划下它的等式。
一块坚硬的黄金，像快满溢的杯中之酒，
据满大地直至其蓝色的边界。

这一季的厄运像小葡萄，
将绿色的苦涩聚集在一起，
困惑而隐匿的岁月的泪水，
直到坏天气公开了它们的串串果实。

是的，胚芽，忧伤，在一月剥裂的
光里，因惊惧而悸动的万物
都将成熟，燃烧，一如水果因炙晒而熟透。

我们的忧愁将会崩解：灵魂将会
穿梭如风，而我们的住所也将
被打扫干净，新鲜的面包在桌上。

42

摇晃于海水上的灿烂日子，
凝聚有如黄色岩石的内部，
它的光辉像蜂蜜，未经任何骚动损毁，
仍然保有矩形的纯粹。

是的，时光像火一般噼啪作响，或者像蜜蜂，
埋身叶间从事绿色的工作，
直到在顶端枝叶抵达一个
闪烁、低语的亮丽世界。

火之焦渴，夏之灼烧与繁盛，
以几片树叶建造一座伊甸园，
因为黑脸的大地不要苦难，

它希望人人拥有清爽，火，水，面包：
任何事物都不该拆散人们，
除了太阳或夜晚，月亮或树枝。

43

我在万象之中寻找你的影迹，
在湍急起伏的女人之河里，
在发辫，羞怯低垂的眼睛，
滑行过泡沫的轻盈脚步。

我忽然觉得可以辨识出你的指甲——
长椭圆形，灵巧，樱桃的侄女们；
还有你那自我身旁经过的头发，我想
我看到了燃烧于水中你那篝火的形象。

我寻寻觅觅，但无人能有你的律动，
你的光，你自林中带回的黑黏土；
无人有你娇小的耳朵。

你完整而简洁，你的一切自成一体，
我就这样与你漂流前行，爱恋着一条
流向女性海洋的宽阔的密西西比河。

44

你必须明白我不爱而又爱着你，
因为生命有两面；
言语是沉默的一只翅膀，
火也有它冰冷的另一半。

我爱你是为了开始爱你，
为了再度启动无限，
永不停止爱你：
那便是我尚未爱你的缘故。

我爱你，也不爱你，仿佛
手中握着幸福的钥匙以及
开启悲惨混乱命运的钥匙。

为了爱你，我的爱有两个生命。
因此我在不爱你的时候爱你，
也在爱你的时候爱你。

45

别走远了，连一天也不行，因为，
因为，我不知该怎么说，一天是很漫长的，
我会一直等着你，仿佛守着空旷的车站，
当火车停靠在别处酣睡。

别离开我，连一小时也不行，因为
那样点点滴滴的不安会全数浮现，
四处流浪觅寻归宿的烟也许会飘进
我体内，绞勒住我迷惘的心。

啊，愿你的侧影永不流失于沙滩，
啊，愿你的眼皮永不鼓翼飞入虚空：
连一分钟都不要离开我，最亲爱的，

因为那一刻间，你就走得好远，
我会茫然地浪迹天涯，问道：
你会回来吗？你打算留我在此奄奄一息吗？

46

在我赞赏的所有星星当中——它们浸湿于
诸多河流和露水里——
我只选我爱的那颗，
从此我与夜同眠。

在所有海浪当中——一个浪又一个浪，
碧绿的海，碧绿的冷冽，碧绿的分枝——
我只选这一片波浪：
不可分割的你的身体之浪。

所有的水滴，所有的根，
所有的光线都来了，
它们来到我这里，或早或迟。

我要你的发属于我。
在我祖国所赐的一切恩典中，
我只选你那颗野性的心。

47

我想回头看看在树枝间的你。
你逐渐地变成了果实，
毫不费事地自根部升起，
吟唱你那树液的音节。

在此你将先成为一朵香花，
变形为吻的塑像，
直到太阳与地球，血与天空，
授予你喜悦和甜美。

我将在枝桠间辨识出你的头发，
你那在枝叶间成熟的影像，
那影像让叶子更挨近我的渴，

而我的嘴将充满你的味道，
那自大地升起，带着你的
恋人果实之血的吻。

48

两个快乐的恋人构成一块面包，
草丛中的一滴月光；
行走时，留下两道一起流动的阴影，
醒来后，床上唯见一个空太阳。

在所有真理中，他们选择了时日：
他们拴紧它，不用绳索，而用芬芳，
他们不曾撕碎和平，不曾粉碎语词。
他们的幸福是一座透明的塔。

空气和酒与恋人们相伴，
夜以欢乐的花瓣愉悦他们，
他们有权拥有全部的康乃馨。

两个快乐的恋人，无终，无死，
他们诞生，他们死亡，有生之年重演多次，
他们像大自然一样生生不息。

49

此刻是今日：昨天的一切逐渐消失于
光的指头和睡梦的眼中。
明日会踩着绿色的脚步到来：
无人能拦阻黎明之河。

无人能拦阻你双手的河流，
你睡梦的眼睛，最亲爱的，
你是时光的颤动，穿行于
垂直的光与阴暗的太阳间。

天空在你上方收折起它的羽翼，
引导你，把你送到我的怀抱，
以其准时、神秘的礼节。

我因此歌唱，对着白日，对着月亮，
对着海，对着时间，对着所有星球，
对着你日间的声音和夜间的皮肤。

50

科塔波斯说，你的笑声坠落
像一只猎鹰自陡峭的塔飞下。
的确如此，你划开世界的枝叶，
以一道系出天空门第的闪电，

它坠落，切割：露珠的舌、
钻石的水流、光与其蜜蜂都跳跃着。
而在寂静与其须居住过的地方，
太阳和星星的榴弹爆炸，

天塌了下来，连同它阴影重重的夜，
钟铃和康乃馨在满月的光中燃烧，
马鞍匠的马群狂奔急驰：

因为你，一如既往，是如此娇小，
就任你的笑声自你的流星坠下，
为自然万物的名字通上电流。

51

你的笑声属于一棵被闪电
劈裂的树，那银亮的霹雳
从天而降，撕裂树冠，
用一把剑将树切分为二。

爱人啊，你这样的笑声
只诞生于高地的枝叶和雪中，
是在那般高度释放出的风的笑声，
南美杉的习性，最亲爱的。

我的高山妇，无可置疑来自奇廉，
用你笑声里的那些刀挥砍阴影，
挥砍夜晚，清晨，正午的蜂蜜：

枝叶间的鸟儿将在空中跳跃，
当你的笑声像一道奢华
的光，穿透过生命之树。

52

你歌唱，太阳和天空与你唱和，
你的歌声剥开白日的谷物，
松树用绿色的舌头说话：
所有冬日的鸟都鸣啭。

海洋的地窖贮满了脚步声，
贮满了钟铃，锁链和啜泣，
金属和工具叮当作响，
篷车的轮子叽叽嘎嘎。

但我只听到你的声音，你的
声音以箭的飞翔和精准上升，
以雨的重力降落，

你的声音撒开直入云霄的刀剑，
满载紫罗兰归来，
陪我漫游天际。

53

这里是面包，酒，餐桌，寓所：
男人的，女人的以及生活的必需品：
急旋的和平奔流到此地歇脚，
共和的火焰燃起这光亮。

赞美你的双手——飞快地料理出
歌与厨房洁白的成果；
赞美你飞奔的脚的廉正，
啊万岁！拿着扫把跳舞的芭蕾女伶。

那些带着水与威胁的粗暴的河流，
那苦痛的泡沫的亭阁，
那些燃烧的蜂巢与暗礁，

如今都化作这歇息，你的血在我的血中，
这午夜般星光璀璨与蓝的河床，
这无止境单纯的温柔。

傍晚
Tarde

54

辉煌的理性，拥有绝对的累累果实
和正直的正午的明亮恶魔啊，
我们终于到达这里，孤单，但不寂寞，
远离野蛮之城的狂言呓语。

一如纯净的线条描摹出鸽子，
一如火焰以其养分授勋给宁静，
你我也创造出这天堂般的结局。
理性与爱情裸身共居此屋。

狂乱的梦，苦涩之必然的河流，
比铁锤的梦更持久的决定
流进爱人们的双人杯里，

直到那成双的事物被平衡地举放在
天平上：理性与爱情，像一对翅膀。
透明的本质如是打造完成。

55

荆棘，碎玻璃，疾病，哭喊，
它们日夜围攻甜蜜的幸福。
高塔，旅行，墙壁都无济于事。
苦恼渗透进睡眠者的安宁。

忧伤起起落落，带着它的汤匙靠近，
无人能自外于这无止境的运转，
无它，就无出生，无屋顶，无篱笆：
它要求我们正视此一特性。

紧闭双眼沉浸于爱中无济于事，
深厚的床铺也不能隔离发恶臭的伤者
或一步步举旗逼近的征服者。

因为生命的脉动像胆汁或河流，
凿开一条血的隧道，在忧伤那
庞大家族的眼睛看着我们的地方。

56

请习惯看见我背后的阴影，
请容许你的手出哀怨而不染
仿佛它们生成于海洋的早晨：
爱人啊，盐把它的结晶比例给了你。

嫉妒饱受折磨，断气，被我的歌耗尽。
它悲伤的船长一个接一个痛苦而亡。
我说“爱”，世界便群鸽起舞。
我的每一个音节都可唤来春天。

而你，如花盛开，啊心肝，最亲爱的，
在我眼睛上方，像天空的枝叶，
你在那儿，而我躺在地上注视你。

我看到太阳将花苞移植到你脸庞，
仰望天空，我认出了你的脚步声。
玛蒂尔德，最亲爱的，冠冕，欢迎！

57

他们撒谎，说我失去了月亮，
预言我的命运像一片沙漠，
冷言冷语搬弄是非：
他们企图查禁宇宙的花朵。

“他不再歌唱美人鱼汹涌的
琥珀，除了人民他一无所有。”
他们啃啮连绵不绝的文件，
阴谋湮没我的吉他。

但我将耀目的长矛掷进他们的眼睛，
那串连你我之心的我们爱情的长矛。
我收集你的脚步留下的茉莉。

没有你眼睑下的光芒，我在夜里
迷了路，而在透明的襁褓里
我再次诞生，主宰自己的黑暗。

58

在文学的铁铸造的大刀阔剑当中，
我像异国的水手四处流浪，
不熟悉那些街角，而我歌唱，
因为就是这样，因为不为此又为何？

自饱受折磨的群岛我带来
我的手风琴，连同大风暴，疯狂的雨浪，
以及自然万物惯有的舒缓：
它们造就了我狂野的心。

因此当文学的利齿
试图咬住我诚实的脚跟，
我漫不经心地走过，随风歌唱，

走向我童年时期多雨的造船厂，
走向定义模糊的南方的凉爽森林，
走向我生命弥漫着你香气的地方。

59

(G.M.)

可怜的诗人：他们受到生与死
以同等阴暗的顽强加以侵扰，
进而为无感觉的浮夸所蒙蔽，
陷溺于仪典和齿牙的葬礼。

他们如今卑微如小圆石——
拖曳于傲慢的马群之后，
终而被入侵者所控制，置身
其爪牙间，无法安然入睡。

这些人，断然了解逝者已逝，
把诗人的葬礼变成悲惨的盛宴，
佐以火鸡，猪崽和其他演说家。

当初他们窥伺他的死，而今又侮辱
他的死：只因他闭上了嘴，
无法再用歌声抗议。

60

那些企图伤害我的人伤到了你，
而那本该加诸我的秘密毒药
穿过我的工作像穿过一张网，
把锈痕和失眠留在你的身上。

爱人啊，我不想看到那暗伤我的仇恨
遮蔽你额头上盛开的月色。
我不想让遥远的，遗忘了的哀怨
将其无用的刀之冠冕留在你的梦境。

恶毒的脚步声尾随着我，
我笑，可怖的鬼脸模拟我的面容，
我歌唱，嫉妒咬牙切齿地诅咒我。

而那是，爱人啊，生命给予我的阴影：
一套空荡荡的衣服，一跛一跛地
追逐我，仿佛露出血腥微笑的稻草人。

61

爱情拖着痛苦的尾巴，
一长列静止的荆棘之光，
我们闭上眼睛，这样便没有事物，
没有创伤能将我们分开。

这些泪不是你眼睛的错：
你的手并未将那把剑扎入：
你的脚也未寻觅这条路：
阴暗的蜂蜜自己找到你的心。

当爱情像一股巨浪
将我们推向坚硬的石头轰然碎裂，
我们被磨成了粉末；

忧伤掉入甜美的另一张脸，
于是在这亮光绽放的季节，
受伤的春日圣化了。

62

我好悲，我们好悲啊，最亲爱的：
我们只想要爱，彼此相爱，
然而在诸多愁苦中，我俩却注定
受到如此深的伤害。

我们但求拥有一个你和一个我，
亲吻的你，秘密面包的我，
就是这样，单纯无比，
直到仇恨穿窗而入。

他们带着恨意，那些不爱我们的爱，
也不爱其他的爱的人们：他们
悲惨如空客厅里的椅子——

直到他们纠缠成灰烬，
直到他们凶恶威胁的脸孔
在逐渐昏暗的暮色中熄灭。

63

我前行，不仅穿过荒原——那儿咸咸的岩块
仿佛唯一的玫瑰，一朵埋身海中的花朵——
同时走在凿雪而流的河岸；
严酷的崇山峻岭也感知我的步履。

我蛮荒家国纠缠、咻咻作响之领土，
致命之吻紧锁着丛林的热带葛蔓，
一面飞升一面甩落颤抖的鸟儿湿润的哭声：
噢，失落的悲伤和险恶的泪水所在的疆土！

不单单它们属于我：铜器有毒的表层，
伸展如雪白卧像的硝石——
还有葡萄园，还有春天赏赐的樱桃，

它们也是我的，而我也属于它们，像黑色微粒
落在干涸的大地上，落在投射于葡萄的秋光里，
落在这个由雪之塔撑起的金属家国中。

64

我的生命被如此丰盈的爱染成了紫色，
我像一只蒙眼的鸟儿慌张地转向，
直到抵达你的窗前，我的朋友：
你听到破碎的心喃喃低语。

我飞出阴影向你胸前攀升，
不存在也不知觉地，我飞上麦子之塔，
涌向你手中的生命，
自海洋向你的欣喜攀升。

任谁也算不出我对你的亏欠，爱人啊，
我对你的亏欠是清澄透明的，仿佛产自
阿劳科的根，啊我对你的亏欠，爱人。

我对你的一切亏欠，无疑地，如星星满布，
我对你的亏欠像荒原的一口井，
时间在那儿守望着漂泊的闪电。

65

玛蒂尔德，你在哪里？我看到了，在下面，
在我的领带底下，心脏上方，
肋骨间的一阵悲伤，
你消失得何其快速。

我需要你活力的光辉；
我环顾四周，吞噬希望。
我凝视那空虚，像少了你的一间屋子，
除了悲情的窗子，一无所有。

天花板沉默寡言地聆听
古老、无叶的雨的掉落，
聆听羽毛，聆听夜所囚禁的一切：

我如是等着你，仿佛一间孤寂的屋子，
等到你愿意再次见我并活在我心中。
否则，我的窗子一直痛着。

66

我是不会爱你的——要不是因为我爱你；
我从爱你变成不爱你，
从没有等你时等待你，
我的心由冰冷转为烈火。

我爱你，只因你是我所爱，
我对你的恨无止境，恨你又求你，
衡量我变迁的爱的标准是：
我未见你却盲目地爱着你。

或许一月的光会用它残忍的
晖彩耗损我的心，
窃取我那把开启宁静的钥匙。

在这一段故事里，我是唯一的死者，
我将为爱殉身，因为我爱你，
因为我爱你，亲爱的，在血与火中。

67

来自南方的大雨落在黑岛上
像单一的一滴，清澄而沉重，
大海打开它清凉的叶片接收，
大地得知酒杯如何履行它潮湿的命运。

我的灵魂啊，请在你的吻中赐我
这些个月来含盐的水，赐我田野的蜂蜜，
被天空的千唇吻湿的芬芳，
冬季海洋神圣的耐心。

某样东西向我们召唤，所有的门自动开启，
雨水向窗子反复述说谣言，
天空向下生长，直到触及根部，

于是日子将天堂的网织了又拆，
用时间，盐分，耳语，成长，道路，
一个女人，一个男人，以及地球上的冬天。

68

（船首的破浪神像）

那木制的女孩不是走路来的：
她突然出现在那儿，在砖上坐着，
头上覆满古老大海的花朵，
目光中露出根的哀愁。

她待在那儿，注视我们公开的人生，
大地上的走动，存在，来来去去，
当白日让渐放的花瓣枯萎。
守望我们，却没看我们，这木制的女孩。

以古老的波浪为冠的女孩，
她以挫败的眼睛向外凝望：
她知道我们生活在以时间和水和浪

和声音和雨织成的遥远的网中，
她不知我们究竟真的存在，抑或只是
她的梦境。这便是木制女孩的故事。

69

少了你或许只剩空虚——
少了你移动如一朵蓝色的花，
切割正午，少了你在午后
穿行过雾色和那些砖，

少了你手中握着的光——
它的金黄他人或许看不见，
也或许没有人知道它在成长，
如玫瑰鲜红的出身。

总之，少了你在身边，少了你
突然，令人振奋地，前来探知我的生活，
玫瑰的阵风，风的小麦：

从那时起我因你而存在，
从那时起你存在，我存在，我们存在，
因为爱，我和你和我们将永远存在。

70

我或许受了伤——虽然未流血——
沿着你生命中的一道光芒前行。
在丛林之中，水挡住了我的去路，
连天空一起掉落的雨水。

然后我触摸到那颗随雨落下的心：
我知道那是你的眼睛，它穿透我，
进入我的忧伤的辽阔腹地。
只听见影子窃窃私语：

它是谁？它是谁？然而它没有名字，
丛林中颤动的树叶或
乌黑的水，都聋了，在小径上：

因此，爱人啊，我知道我受伤了，
在那儿无人说话，除了阴影，
漂泊的夜，雨水的吻。

71

爱情横越它的岛屿，从忧伤到忧伤，
它扎下了根，淋以泪水，
无人，无人能够躲避它沉默
又食肉的心奔跑时的脚步。

你我曾寻觅一座洞窟，另一个星球，
在那里，盐碰触不到你的发，
在那里，悲伤不会因我的过失而滋长，
在那里，面包将长生不老。

一个被距离和树叶缠绕的星球，
一个荒地，一块坚硬且无人栖身的岩石：
我们打算用自己的双手搭盖一个

牢固的巢，没有伤害没有创痛没有语言，
而爱情并非如此：爱情是一座疯狂城市，
门廊上挤满了面色惨白的人们。

72

爱人啊，冬天已归营，
大地打点好它黄色的礼物，
我们的手抚过一个遥远的国度，
抚过地理的长发。

离开！现在！动身：轮子，船，钟，
被无限的白日钢化的飞机——
前往群岛的婚姻气味，
欢乐的长形谷粒！

走吧，站起来，把头发夹起来，起飞，
降落，跟随大气与我一同奔跑歌唱：
让我们搭火车前往阿拉伯或托科皮亚，

只为了向远方的花粉迁徙，
到赤脚的贫困君王所统治，
有着破布和栀子花的刺针似的村镇。

73

也许你会记得那面容尖削的男子，
他像刀刃一般自暗处出现，
在我们尚未了解前便知道一切：
他看到烟，便断定是火。

脸色苍白的黑发女子
像鱼一般自深渊冒出，
他们俩建构了一组机械装置，
全副武装，对抗爱情。

男人和女人劈倒高山和花园，
步下河流，攀上围墙，
把残暴的大炮扛上山丘。

而后爱情始知那叫作爱。
就在我抬头注视你名字的时候，
你的心忽然为我指引去路。

74

被八月的水打湿，道路
闪闪发亮，仿佛贯穿满月，
贯穿苹果饱满的光，
在秋日果实的中央。

雾，空间，或穹苍，白日模糊的网
因寒冷的梦、噪音、鱼而鼓胀，
岛屿的蒸气和大地争斗，
海洋在智利的光芒上方颤抖。

万物凝聚如金属，树叶
躲藏，冬天隐瞒它的家世，
我们是仅有的盲者，永无止境，孤零零的。

只臣服于变动、告别、
旅行、道路静悄悄的沟渠：
别了，大自然的泪水落下。

75

这儿有房子，海，和旗子。
我们漫步走过别的长篱笆。
我们找不到大门，也找不到我们
不在时的声音——仿佛死了一般。

最后房子打开它的沉默，
我们进入，跨过废弃物，
死老鼠，空洞的道别，
在水管里哭泣的水。

哭泣，这房子——哭泣，日以继夜；
它虚掩着，和蜘蛛一起呜咽，
它分崩离析，自它黑色的眼睛。

而今，骤然间，我们让它复苏。
我们安居其中，它认不出我们：
它得开花，却忘了如何开花。

76

迭戈·里维拉以熊的耐性
在颜料中，猎寻森林的玛瑙
或朱砂，血液猝然绽放的花朵，
在你的画像中，他集合了世界的光。

他画你鼻梁上傲慢的遮影，
你脱缰的眼瞳冒出的火花，
你那燃起月亮妒意的指甲，
以及你夏日的皮肤里，那西瓜般的嘴巴。

他把你画成双头，两座燃烧着的火山，
因为火，因为爱，因为你阿劳科的家世，
而在那两张金黄色的泥脸上方，

他为你覆上狂野之火打造的头盔，
我的目光在那儿偷偷徘徊，
纠缠于其丰实之塔：你的头发。

77

今天就是今天，负载着所有往日的重量，
张着将成为明日的一切东西之翅；
今天是海的南方，水的老年，
崭新的一天建构完成。

已耗尽的一日的花瓣聚集在
你的嘴上，高举向光，向月，
而昨天急步走下阴暗的小路，
我们因此忆起它那张逝去的脸。

今天，昨天，明天走过，
日子像燃烧的小牛被耗尽，
我们的牛群等候着，来日无多，

然而时间在你心中撒下了面粉，
我的爱用特木科的泥造了个火炉：
你是我灵魂每日的面包。

78

我没有绝不再，也没有总是。在沙里
胜利留下它消失的脚印。
我是穷人，甘心爱自己的同类。
我不知你是谁。我爱你。我不送也不卖荆棘。

或许会有人知道我并未编织染血的
王冠，知道我和嘲弄对抗，
而且确曾让我灵魂的高潮满涨。
我用鸽子回报丑恶。

我没有绝不，因我与众不同——
过去是，现在是，以后还是。我以
不断变动的爱情之名，宣示纯真。

死亡只不过是块遗忘的石头。
我爱你，在你口中我亲吻喜悦。
让我们捡拾薪柴，在山上生火。

夜晚

Noche

79

在夜里，爱人啊，请将你心与我心相系，
这样两颗心将在梦中合力击退黑暗，
仿佛双面鼓在森林里敲打
对抗潮湿的树叶堆成的厚墙。

夜间旅行：睡梦的黑色火焰
剪断地球上葡萄的细线，
准时得像一列不停地拖着
阴影和寒岩的狂乱的火车。

所以啊，爱人，请将我系在纯粹的
移动上，和你胸中以水底天鹅
之翼拍动的坚贞不移紧紧相系，

好让我们的睡梦以唯一的钥匙，
以唯一一扇被阴影关闭的门，
回答满天闪闪发光的问题。

80

亲爱的，我自旅行和忧伤归来
回到你的声音，回到你飞驰于吉他的手，
回到以吻扰乱秋天的火，
回到回旋天际的夜。

我为天下人祈求面包和主权，
为前途茫茫的工人，我祈求田地，
但愿无人要我歇止热血或歌唱。
然而我无法弃绝你的爱，除非死亡到来。

就弹一首华尔兹歌咏这宁静的月色吧，
一首船歌，在吉他的流水里，
直到我的头低垂，入梦：

因我已用一生的无眠织就
这树丛中的庇护所——你的手居住、飞扬其间
为睡眠的旅人守夜。

81

而今你属于我。在我梦中倚梦而憩。
爱与痛苦与工作现在都该安眠了。
夜转动它隐形的轮轴，
你在我的身旁纯净一如熟睡的琥珀。

亲爱的，没有别人会在我梦中安睡。
你将离去，我们将一同跨过时间的海洋。
没有人会伴我穿行过阴影，
除了你，千日红，永恒的太阳，永恒的月亮。

你的手已经张开纤弱的拳
让它们轻柔漂浮的手势淡去，
你的双眼紧闭像两只灰色的羽翼，

而我任由你涌动起来的浪将我带走：
夜晚，世界，风织纺它们的命运。
没有了你，我不复存在，只是你的梦。

82

爱人啊，关上这扇夜之门，
请随我，爱人，随我穿过阴影之地：
合上你的梦，和你的天空一起进入我的眼睛，
在我的血液中扩展如一条宽阔的河。

再会啦，再会，落入过去每一日
麻袋中的残忍亮光。
再会啦，手表或橘子的每一道光芒。
你好，噢阴影，我间歇性的朋友！

在这船或水或死亡或新生命里，
我们再度结合，熟睡，复活，
我们是血液之中夜的联姻。

我不知道谁生谁死，谁歇息谁清醒，
但我知道是你的心，将黎明的
恩典，分发到我的胸中。

83

夜里感觉你在身边真好，爱人，
你隐入睡梦里，认真地属于夜，
而我解开如迷乱的网般
纠缠着我的忧虑。

你的心航过梦境，已远去，
但你的身体如是恣意地呼吸着，
找我却不必睁眼，成全我的睡眠，
像暗处繁殖的植物。

明天你起床时，你将变成另一个人，
而从湮没于夜间的边界，
从我们既在又不在的此际，

某样东西在生命的光中越靠越近，
仿佛黑暗的印章，以火
在其秘密创造物上烙下印记。

84

再一次，爱人啊，白日的网扑灭
工作，轮轴，火，鼾声，道别，
我们把正午取自光与大地的
起伏的麦浪交给夜晚。

只剩月亮，在其雪白纸页的中央
撑起天国港口的圆柱，
卧房弥漫一股黄金的舒缓，
你的手移动着，开始打点夜晚。

啊爱人，啊夜，啊在天空的阴影下
为深不可测的河流所环绕的圆顶——
暴风雨般的葡萄在其中载浮载沉，

直到我们只不过是一片黑暗，
一个盛纳天空灰烬的杯子，
缓缓长河脉动中的一滴水。

85

朦胧的雾自海上流向街道
像置身寒气中的牛群所吐出的热气，
长长的水舌聚集，覆盖住那
许诺我们美好生活的月份。

大步行进的秋天，咻咻作响的叶之蜂巢，
当你的旗帜飞扬于我们城镇的上空，
疯女们唱着歌为河流送别，
马群一路嘶鸣向巴塔哥尼亚。

一根傍晚的藤蔓在你脸上
无声生长，爱情将之
举向天空铿锵作响的马蹄铁。

我弯身趋近你夜晚肉体之火，
我不仅爱你的乳房，也爱
深蓝血液洒遍雾色的秋日。

86

啊南十字星，啊芳香磷光的车轴草，
你的美丽今天以四个吻渗入，
穿过阴影又穿过我的帽子：
月亮在寒气中盘转着。

而后，随着我的爱和我的爱人，啊霜蓝的
钻石，夜空之澄静，
镜子：你出现，夜因你四座
震荡着酒香的酒窖而丰满。

啊光洁、纯净的鱼悸动的银光，
绿色的十字，阴影明亮的荷兰芹，
固定于纯一天空的飞萤：

到我这儿歇息吧，让我们一块儿合上眼睛。
与人间的夜共眠，一分钟就好。
在我身上点亮你星辉灿烂的四个数字。

87

三只海鸟，三道阳光，三把剪刀
穿过寒冷的天空，飞向安托法加斯塔：
大气随之颤动，
万物也因此颤动如受伤的旗子。

孤寂啊，请给我你无尽根源的表征，
残酷之鸟几不成形的飞行路径，
比蜂蜜，音乐，海洋，诞生，
无疑地，更早到临的悸动。

（坚贞不移的脸所支撑的孤寂
像一朵沉重的花不断伸展，
直到包住天空纯净的群体。）

海洋的，群岛的寒冷之翼
飞向智利西北的沙滩。
夜闩上其天国之门。

88

三月带着它隐秘的光归来，
庞大的鱼群滑行过天空，
地上朦胧的雾气悄然前移，
万物逐一臣服于寂静。

在此飘忽不定的大气的危机中，
你幸运地将海的生命融入火的生命：
冬日船只灰色的航行，
爱情在吉他上刻下的形状。

啊爱人，你是被美人鱼和泡沫濡湿的玫瑰，
你是火，舞动着身子攀爬隐形的楼梯，
惊醒了失眠隧道中的血液，

以便让浪花在天空筋疲力竭，
让大海忘掉它的货物和狮子，
让世界掉入阴暗的网中。

89

当我死时，我要你把手放在我的眼睛上：
我要你可亲双手的光与麦
再次将其清新传遍我身：
我要体会改变我命运的那份温柔。

我要你活着，当我睡着等你。
我要你的耳朵仍然倾听风声，
要你嗅闻我俩共同爱过的海的芳香，
继续漫步于我们走过的沙滩上。

我要我喜欢的一切继续存活，
还有你——我对你的爱与歌赞超乎一切——
我要你继续繁茂，盛开，

这样你才能到达我的爱指引你的所有去向，
这样我的影子才能在你的发间游走，
这样万物才能明白我歌唱的理由。

90

我想象我死了，感觉寒冷逼近，
剩余的生命都包含在你的存在里：
你的嘴是我世界的白日与黑夜，
你的肌肤是我用吻建立起来的共和国。

顷刻间都终止了——书籍，
友谊，辛苦积累的财富，
你我共同建筑的透明屋子：
全都消失了，只剩下你的眼睛。

因为在我们忧患的一生，爱只不过是
高过其他浪花的一道浪花，
但一旦死亡前来敲门，啊，

就只有你的目光将空隙填满，
只有你的清澄将虚无抵退，
只有你的爱，把阴影挡住。

91

年岁像细雨般覆盖着我们，
时间永无止境，愁容满面，
一根盐的羽毛碰触你的脸庞，
一道涓涓细流噬穿我的衣服。

时间分辨不出我的双手
或者你手中捧着的一堆橘子：
生命以雪和鹤嘴锄啄食
你的——亦即我的——生命。

我那已奉献给你的生命满载着
年岁，仿佛一串鼓胀的水果。
葡萄将回归大地。

即便在那儿，时间依然继续，
期待着，雨点般落于尘土之上，
急切地想抹去甚至不存在的事物。

92

亲爱的，倘若我死而你尚在人世，
亲爱的，倘若你死而我尚在人世，
我们不要让忧伤占领更大的疆域：
我们居住的地方是最广阔的空间。

小麦的灰尘，沙漠的沙，
时间，流浪的水，朦胧的风，
像飞行的种子导引我们。
不然我们可能无法在时光中找到对方。

这片让我们找到自我的草地，
啊小小的无限！我们将之归还。
但是爱人啊，这份爱尚未结束，

一如它从未诞生，它也
不会死亡，像一条长河，
只改变土地，改变唇形。

93

如果你的胸膛暂停起伏，
如果某样东西不再移动，不再烧遍你的血脉，
如果你嘴里的声音逃逸而未形成话语，
如果你的手忘了飞翔而沉沉睡去，

玛蒂尔德，亲爱的，就让你的唇微张着，
因为最后那一吻该滞留我身边，
该永远只停驻于你的嘴里，
如此它才可以随我进入死亡之境。

我将一边吻着你疯狂冰冷的唇，
一边爱抚你身体遗落的果实，
一边寻觅你紧闭双眼的光而死去。

如此当大地接受我们的拥抱时，
我们将融合成一个死，
永远活在吻的永恒之中。

94

假如我死了，请你以纯粹的力量继续存活，
好让苍白和寒冷怒火中烧；
请闪动你那无法磨灭的眼睛，从南方到南方，
从太阳到太阳，直到你的嘴歌唱如吉他。

我不希望你的笑声或脚步摇摆不定，
我不希望我的快乐遗产亡失；
别对着我的胸膛呼喊，我不在那儿。
请你像住进房子一样，住进我的离开。

离开是如此巨大的房子，
你将穿行过墙壁
把图画挂在大气之中。

离开是如此透明的房子，
即便我死了，也将看着你生活，
倘使你受苦，亲爱的，我将再死一次。

95

有谁像我们一样相爱？且让我们
搜寻燃烧的心留下的古老灰烬，
并且让我们的吻一个接一个落下，
直到那朵空无的花苏醒。

且让我们爱那落尽果实，连同
形貌与力量一起没入大地的爱情：
你和我是永不熄的光，
是它折不断的细穗。

给那被如此多寒冷的时光，
被雪和春天，被遗忘和秋天埋葬的
爱，新苹果的光吧，

一种由新伤口开启的清新，
一如那古老的爱，无声穿过
湮没众口的永恒之境。

96

我想，你爱我的这一刻将会
逝去，被另一种蓝取代，
另一层皮肤会覆盖同样的骨头，
另一些眼睛会看到春天。

那些捆住时间的人，
那些与烟对话的人，
官僚，商人，过客—— 无一
能在他们的绳索中继续移动。

那些戴眼镜的残酷之神将会消逝，
那些带着书的多毛的肉食动物，
那些蚜虫，那些鸣禽。

当大地被冲洗得焕然一新，
另一些眼睛将诞生于水中，
小麦也将生长，不再流泪。

97

这时节，人必须飞，但飞往何处?
没有羽翼，没有飞机，要飞，无疑:
脚步忽忽而过，不可挽回，
未曾带动旅者的双脚。

人时时刻刻都得飞，一如
老鹰，家蝇，以及时日，
必须征服土星之眼
并且在那里建造新的钟。

鞋子与路不再够用，
大地对流浪者也不再有用，
根已穿过黑夜，

你将出现于另一个星球，
注定倏忽即逝，
终将蜕化成为罂粟。

98

这个词，这张被单一的手
化成的千手所书写的纸，
不会存留于你体内，它对梦无益，
它掉落地面：那儿，它继续存在。

光或赞美溢出杯外
没什么关系，
只要它们是酒一次绵长的颤抖，
只要你的嘴染上苋紫的颜色。

这个词不再需要缓慢说出的音节，
暗礁从我的记忆带走又
带回的一切，恼怒的泡沫：

它只想书写你的名字。
即使此刻我阴郁的爱使之归于沉寂，
稍后春天又会开口读出这个词。

99

别的日子会来，植物与行星的
沉默终会有人了解，
好多纯粹的事情将会发生！
小提琴将散发出月亮的芬芳！

也许面包将和你一样：
拥有你的声音，你小麦的特质，
而另一些东西将用你的声音说话：
秋日里迷失的马群。

即使并非全如你意，
爱仍将把巨桶注满，
如牧羊人古老的蜂蜜，

而在我心头的尘土里（那儿
贮藏了好多丰盛的东西），
你将在瓜果间来回穿梭。

100

在地球的中央，我将把玛瑙
推置一旁，这样我才能看到
你像一名抄写员，用一支
水做的笔誊写植物的嫩枝。

世界何其美好！多么奥妙的欧芹！
航行过甜蜜之域的船只何其幸福！
你或许是，我或许是，一块黄玉。
钟声里不再有冲突纷争。

什么都没有，除了随心所欲的空气，
御风而行的苹果，
森林中多汁液的书本：

在康乃馨呼吸的地方，我们将
着手缝制一件衣服，一直穿到
和胜利的吻一样天长地老。

索　引

二十首情诗和一首绝望的歌

船长的诗

一百首爱的十四行诗

中午

傍晚

夜晚

译后记

肌肤、吻、梦的共和国
——聂鲁达的三部情诗集

智利诗人巴勃罗·聂鲁达（Pablo Neruda）是1971年诺贝尔文学奖得主，被誉为二十世纪最伟大的拉丁美洲诗人。情感丰沛的聂鲁达对世界怀抱热情，对生命充满探索的好奇心，对文学创作具有强烈的使命感，因此能将诗歌的触角伸得既深且广，写出《地上的居住》（又译《大地上的居所》，*Residencia en la tierra*）、《一般之歌》（又译《漫歌》，*Canto general*）、《元素颂》（*Odas elementales*）、《狂想集》（*Estravagario*）、《黑岛的回忆》（*Memorial de Isla Negra*）、《疑问集》（*El libro de las preguntas*）等许多动人的土地与生命的恋歌。虽然聂鲁达的诗风历经多次蜕变，但私密的情感生活始终是他创作题材的重要来源，他在二十岁、四十八岁、五十五岁分别出版的情诗集《二十首情诗和一首绝望的歌》（*Veinte poemas de amor y una canción deseperada*）、《船长的诗》（*Los versos del capitán*）、《一百首爱的十四行诗》（*Cien sonetos de amor*）即是明证。他的诗具有很奇妙的说服力和感染力，他相信“在诗歌的堂奥内只有用血写成并且要用血去聆听的诗”，并且认为诗应该是直觉的表现，是“对世界做肉体的吸收”。这样的创作理念，我们在他早期的诗作，譬如《二十首情诗和一首绝望的歌》中，即可略窥一二。

聂鲁达十岁左右开始写诗。后来他回忆那段岁月，写道：“某样东西在我的灵魂内骚动／狂热或遗忘的羽翼／我摸索自己的路／为了诠释那股／烈火／我写下了第一行微弱的诗句。”（《诗》）终其一生，聂鲁达透过诗歌为那股在灵魂内骚动的烈火——性欲的，爱情的，心灵的，社会的，政治的，历史的——寻找出口，在不同的人生阶段以不同的关注角度和不同的形貌呈现在作品中，于是我们看到诗风多样的诗人情感丰沛始终如一，而 1924 年出版的《二十首情诗和一首绝望的歌》——据说此诗集最初有意名为“一个女人与一个男人的诗”（Poemas de una mujer y un hombre）——可视为情与欲萌芽初期的聂鲁达的烈火青春记事。

一、美丽与哀愁的青春情爱之旅：《二十首情诗和一首绝望的歌》

《二十首情诗和一首绝望的歌》在九十多年前出版时可谓突破了拉丁美洲现代主义和浪漫主义诗歌的窠臼，被誉为拉丁美洲第一批真正的现代情诗。如今这本诗集被译成多国语言，在全球销售已超过一亿本，而诗中许多美丽的诗句在拉丁美洲当地像流行曲调或谚语般家喻户晓地被传诵着，也广为世界各地读者和写作者引用，成为文学经典。这是聂鲁达的第二本诗集，写作这些情诗时，他还只是个年近二十的小伙子，但笔端已然透露出锐利的锋芒，诗中多处奔跃出朴拙然而动人的意象，笑中带泪却也一针见血地刻画出爱的欢愉和痛楚。

这本诗集是青春期聂鲁达的爱情心路历程。性的探索，爱情的惶惑、渴望与失落，无法获致心灵沟通的焦躁，强烈的孤寂感……诸多复杂的情绪与思绪生动且赤裸地流泻于文字之中。年轻的诗人企图向世人宣告令他欢喜悸动的性与爱的体验，更企图为令他躁动不安的情感难题和心灵课题寻找安顿的力量。我们看到一个青年为了捕捉爱情的轮廓，厘清情爱的真义，时而欢喜歌唱，时而哀伤咏叹；时而嘶吼呐喊，时而捶胸顿足；时而自我辩论，时而作茧自缚。这本诗集是歌咏爱情的浪漫独白，是伤痕累累的爱的印记，是寻求沟通的心灵记录，反复诵读这些诗作，似乎感觉到一波波跌跌撞撞的生命浪花在心中涌动，撩拨起美丽与哀愁并陈的青春追忆。

聂鲁达出生于智利中部盛产葡萄的帕拉尔，母亲在生下他数周之后死于肺结核。两岁时，他随担任铁路技师的父亲迁居至智利南方偏远的拓荒地区特木科。成长于原始森林区的聂鲁达童年最亲密的友伴是花草树木和甲虫、鸟、蜘蛛等自然景物，这样的成长背景无疑在他日后的诗作中具有一定程度的意义与影响。在《二十首情诗和一首绝望的歌》里，我们看到聂鲁达信手拈来地自大自然撷取意象，营造出美丽与哀愁交融的爱的氛围："光以其濒死的火焰包裹你。／出神而苍白的送丧者，如是站着／背对那些在你周围旋转的／夕阳的古老螺旋桨"，"一束阳光落在你深色的衣裳。／夜巨大的根茎／突然从你的灵魂生长出"（第 2 首）；"早晨满是风暴／在夏日的心中"，"云朵漫游如一条条道别的白色手帕，／风用其旅人的双手挥动它们"，"无数颗风的心／在我们相爱的寂静里跳动"（第 4 首）；"夜鸟啄食初现的星群／星光闪烁如爱恋着你的我的灵魂"，"黑夜骑着阴暗的马奔驰／把蓝色的花穗撒遍原野"（第 7 首）；"下雨了。海风追猎着流浪的银鸥"，"水赤着脚走在潮湿的街上。／树叶，像病人般，抱怨那树"（第 8 首）；"有时像一枚钱币／一片太阳在我两手间燃烧"，"总是在黄昏时拿起的那本书掉落地上，／我的披风像一条受伤的狗在我脚边滚动"（第 10 首）；"啊，走那条远离一切的道路，／没有苦恼、死亡、冬天在那儿拦截，／在露水中睁开它们的眼睛"（第 11 首）；"风突然大叫，捶打我紧闭的窗。／天空是一张大网，挤满了阴影的鱼群。／所有的风在这里先后释放，所有的风。／雨脱掉身上的衣服"，"风暴卷起黑叶，／捣散所有昨夜仍然停泊在天空的船只"，"悲伤的风四处屠杀蝴蝶"（第 14 首）；"风在幽暗的松林里解开自己。／月亮在游荡的水上发出磷光。／

同样的日子相互追逐纠缠”，“月亮转动它梦的圆盘。／最大的那些星星借你的眼睛望着我。／而因为我爱你，风中的松树／要用它们的针叶歌唱你的名”（第 18 首）；“夜缀满繁星，／那些星，灿蓝，在远处颤抖”，“晚风在天空中回旋歌唱”（第 20 首）。

女人的身体与自然景象

在诗歌中，聂鲁达也喜欢将女人的身体与自然景象结合，让她们化为泥土、苔藓、星辰、雾气、露水、海浪……在年轻诗人心中，女人的身体似乎蕴含无穷的魅力，展现出多样的风情：那身体有时是“白色的山丘”，是供粗犷如农人的男性开垦的大地，有时是“陆上的海螺”，有时由“使果实成形，麦粒饱满，海草卷曲的太阳”塑造而成，有时却像火苗四射、灼伤灵魂的“森林里的大火”。她的肌肤柔嫩似苔藓；她的双手白皙光滑似葡萄，适合戴上他用话语编成的“无尽的项链”；她的双臂时而清凉如花朵，时而透明如石头，是他的“吻抛锚”、他“潮湿的欲望筑巢”之处；她的膝头和阴部宛若“玫瑰”；她的腰身神秘如“雾”；她的眼睛有时是晚霞火焰的争斗场域，千万道霞光在深处照耀，有时涌动如“灯塔四周的海水”，有时可见夜的“翅膀”在其中扑打，有时则是与阳光嬉戏的小溪留下的“两潭幽暗的静水”；她杯状的乳房有时像“白色的蜗牛”，有时散发出忍冬的芳香；她及肩的发丝是由“黑色、渴切的太阳”滚动而成。在这本诗集里，这类撷取自自然的意象处处可见，大自然俨然成了聂鲁达专属的巨型爱情隐喻贮藏库。

“女人是什么？”、“爱情为何物？”是年轻诗人在这本诗集里不断追索的主题。有些时候，诗人在女人身上找到的是欢愉、安定、希望的象征。女人是对抗孤寂的利器：“为了存活，我锻造你如一件武器，／如我弓上之箭，如我弹弓上的石头”（第 1 首）；女人是生之源泉：“一个苍白的蓝色民族，刚从你／那里生出，如是获得滋养”（第 2 首）；女人是有着“松树林的辽阔，破裂的涛声，／缓慢的光之游戏，孤寂的钟”

的“玩具娃娃”和“陆上的海螺”，大地在她的体内歌唱（第3首）；女人于他如“孤帆上的天空，山丘下的阡陌”，她的记忆是“由光，由烟，由平静的水塘”所组成的（第6首）；女人是在他灵魂中嗡嗡作响的“白色的蜜蜂”，让他因蜜而陶醉；女人是他“最后的缆索”，牵系着他最后的渴望，是他“荒地上最后的玫瑰”（第8首）；女人是“风用发亮的叶子制成的东西”，是“在夜间群山后面，燃烧的白色百合”（第11首）；女人拥有“宇宙的光”，是造访花与水的“微妙的访客”，他要“像春天对待樱桃树般地”对待她（第14首）；女人安静的时候“明亮如一盏灯，简单如一只戒指”，仿佛是“默不作声，满布繁星”的夜晚，她的静默是“星子的静默，如此遥远而单纯”（第15首）；女人是“蜜蜂疯狂的青春”，“浪的痴癫”，“麦穗的力量”，是“甜美而坚定的黑蝴蝶”，如同“麦田和太阳，罂粟与水”（第19首）；女人如同一个“盛着无尽的温柔”的杯子，将他包容在她“灵魂的土地”、在她“双臂的十字架”，并用双臂收容他“黑色的孤独”；在他饥渴的时候，女人是“水果”，在他心如废墟的忧伤时刻，女人是“奇迹”；女人“像一个水手般立在船首”，“依然在歌声中开花，依然破浪而行”（《绝望的歌》）……

虽然女人带给他许多美丽的爱的回忆，但是在更多时候却是他哀愁的源头：她是“梦之蝴蝶”，只在美丽的梦境中飞舞，难以在现实中捕捉，她像“忧郁”的代名词；她是无法掌控的，她的到临“如露水滴在花冠”般柔和但短暂，她“像波浪一般，永远逃逸着”，她有时“仿佛松树”一般在风中歌唱，有时又“仿佛船的桅杆”，高高在上又静默无言，有时会“突然伤感，如一次旅行”（第12首）；她是他的渴望，却也是他“无尽的苦恼”，“游移不定的路”，“流动着永恒渴望，继之以疲惫，／继之以无穷苦痛的黑暗的河床”（第1首）。爱情让他“骚乱痴迷”，让他心生恐惧：“对你的欲望何其可怕而短暂，／何其混乱而醉迷，何其紧张而贪婪”；爱情失落时，他是“苍白盲眼的潜水者”，“不幸的弹弓手”，“迷失的探险者”，焦虑的“掌舵者”，被遗弃的“黎明的码头”，“废料的底舱，溺水者残酷的洞穴”（《绝望的歌》）。总之，对年轻的诗人而言，女人是“万物的混合”，是难以界定的名词。

1921 年到圣地亚哥读大学的聂鲁达，离开熟悉的家乡，来到陌生的都会，孤寂可想而知，不断地写诗或许就是他对抗孤寂的一种手段，于是他在 1923 年和 1924 年连续出版了两本诗集——《霞光》（*Crepusculario*）和《二十首情诗和一首绝望的歌》。他以爱情为题材，在情诗中大量使用自然的意象追忆爱情，企图以自然象征生命的活力，用以对抗僵死、无爱的都会生活，但这些情诗多半在爱情的母题中融入孤寂、痛楚或毁灭的子题，营造出忧伤的浪漫，也传达出孤寂的心灵渴望沟通的呐喊。在第 7 首情诗里，诗人将自己比喻成遭遇船难的旅者，向爱人发出红色的求救讯号，多么希望她的眼睛能像灯塔一样发出光芒指引他方向。然而，她的眼睛却像是在灯塔四周涌动、颇具毁灭性的汪洋大海，他称她为“遥远的女人”，目光浮现出的是“恐惧的海岸”。他撒出“忧伤的网”，却未能得到实时的救援，一如他发出企盼沟通的讯息未能得到回音，于是孤寂的他更感孤寂：“在最高的篝火上我的孤独／蔓延燃烧”，只能像溺水者一般挥动臂膀自求生机。然而在失望之中，诗人仍怀抱着一丝希望：即便“夜鸟啄食初现的星群”，他爱恋着她的灵魂依旧散发出闪烁的星光，即便“黑夜骑着阴暗的马奔驰”，他相信它还是会“把蓝色的花穗撒遍原野”。

对当时生命体验与智慧皆嫌稚嫩的他而言，女人与爱情无疑是个过于艰巨的课题，因此他追忆爱情的时刻无不笼罩在惶惑、孤寂、不安与焦躁的阴影之中，第 17 首情诗即是一个典型的例子。在这首情诗一开始，诗人说：“思想着，影子纠缠于深深的孤独中。／你也在远处，啊，比任何人都遥远。”爱情无法掌握的本质是诗人忧愁的源头。他不断追问女人“你是谁，你是谁？”，他极欲探知她们究竟是由什么样的质地或纹路所构成，为什么与他的躯体系在一起的会是“想哭的欲望”，为什么让他的灵魂“无止境地滚动，欢喜，悲伤”？他不断地思索爱情，却不得其门而入，“影子纠缠于深深的孤独中”，而女人的存在“仿佛物品一样陌生”。他于是到自然中寻求慰藉，为郁积胸中的强烈情感寻找出口：“面对大海，在岩石间的呐喊，／自由、疯狂地扩散，在海的雾气里。／悲伤的愤怒，呐喊，大海的孤独。／脱缰，粗暴，伸向天际”，呐喊过后，他也只能“思想着，将灯埋进深深的孤独中”。埋葬灯是一种仪式，等同埋葬希望，年轻的诗人面对复杂的爱情，几经思索，疑惑依旧。这何尝不是古往今来人类共通却难解的生命课题？

为饱和的情感寻找出口

在情欲饱满或情感找不到出口时，年轻的聂鲁达有时会直接表露他的悲喜忧欢，忘情地呐喊、嘶吼：“啊，乳房之杯！啊，迷离的双眼！／啊，阴部的玫瑰！啊，你缓慢而悲哀的声音！”（第 1 首）；“你充满一切，充满一切”，“爱我吧，伴侣。别弃我。跟随我。／跟随我，伴侣，在这苦恼的波上”，“你占据一切，占据一切”（第 5 首）；“那时，你在哪里？／在哪些人中间？／在说些什么？／为什么全部的爱会突临我身／当我正心伤，觉得你在远方？”（第 10 首）；“悲伤的愤怒，呐喊，大海的孤独。／脱缰，粗暴，伸向天际”，“所有的根在摇撼，／所有的浪在攻击！／我的灵魂无止境地滚动，欢喜，悲伤”（第 17 首）；“噢肉，我的肉，我爱过又失去的女人，／在这潮湿的时刻，我召唤你并为你歌唱”，“噢，被咬过的嘴巴，噢，被吻过的肢体，／噢，饥饿的牙齿，噢，交缠的身躯”，“啊，超越一切。啊，超越一切”（《绝望的歌》）。而在诗人写得最好的时候，我们看到他以精确、独到、前后呼应的意象捕捉爱情的面貌，前面提到的第 7 首即是一例，第 4 首和第 15 首是另外两个佳例。

第 4 首情诗共有七节，每节只有两行，却隐含着颇具想象空间的故事情节：夏日早上阵阵暴风吹袭（“早晨满是风暴／在夏日的心中”），年轻的诗人和他的爱人在树林子约会，他们看着天上的云被风越吹越远，觉得风像旅人一般挥动着白色的云朵手帕，向世界道别（“云朵漫游如一条条道别的白色手帕，／风用其旅人的双手挥动它们”）。不过相爱的两人即便静默无言，内心却狂野如肆虐的风（“无数颗风的心／在我们相爱的寂静里跳动”）。吹扫过树林的暴风，对他们而言“如管弦乐，神圣地鸣响”，仿佛是“一种充满战斗与歌的语言”。狂风大作，瞬间枯叶纷纷落下，飞翔的鸟群一时之间也失去了方向（“以快速的偷袭劫走枯叶且让／鸟群跳动之箭偏离了方向的风”）。风太大，他的爱人因无法站稳脚步而跌倒（“将她推倒在无泡沫之浪，无重量之／物质，以及斜倾之火中的风”）；风无泡沫、无重量、无火苗，却具有像海浪、像重物、像火一般的威力。他在树下亲吻她，试图借恋人的激情，对抗风暴的突袭，外在的威胁（“她众多的吻爆裂并且沉落，／在夏日之风的门口搏斗”）。在这首诗里，诗人以他惯用的将自然拟人化的手法形塑情景交融的氛围，而在第四到第六节，他以名词词组取代句子，让诗产生新的律动。诗中意念的铺陈颇具层次感，并且以“风”的意象贯穿全诗，让它时而温柔浪漫、时而神圣庄严、时而粗暴凶猛、时而充满威胁地以多种形貌呈现，成为爱情故事的背景音乐。

第 15 首情诗是一首用字轻淡、情感温柔的诗作，纠结的情绪、浓重的爱的惶惑、痛楚的哀叹仿佛经过某种洗礼顿时沉淀了下来，取而代之的是耐人玩味的美丽与哀愁。诗人说爱人“沉默的时候”仿佛她不在身边，仿佛她在遥远的地方，这样的时刻虽然或多或少蒙上一层忧郁，但是他喜欢这样的时刻，因为距离产生美感：她“仿佛在哀叹，一只喁喁私语的蝴蝶”；因为爱，爱人如影随形：“由于万物都充满我的灵魂，／你从万物中浮现，满是我的灵魂”。爱人在沉默时，“明亮如一盏灯，简单如一只戒指”——灯是希望的象征，戒指是爱的信物，心灵的沟通有时是无需言语的；爱人在沉默时，仿佛繁星满布的静夜星空，她的静默是“星子的静默”，“如此遥远而单纯”地守候着他。可是爱人如果一直都不说话，还是会让他觉得“遥远而令人心痛”的，因为仿佛她“已经死去”，那意味着永远的分别。这时只要她说出“一个词”或给他“一个微笑”，就能让他感到欢喜，因为这让他真切地感觉到她并非真的死去。整首诗的特别之处在于略带疏离感的抒情氛围的营造，以及两种情绪拉锯——享受距离腾出的美感又担忧真正分离的痛楚——所产生的情感张力。“我喜欢你沉默的时候”，“你仿佛……”和“你远远地听我说话”这样的句法在诗中多次出现，使得此诗更具音乐性，是一首值得吟咏再三的恋歌。

情诗为谁而作?

《二十首情诗和一首绝望的歌》究竟为谁而作？诗人独白的对象究竟是何人？这是许多读者、学者、文学评论者和传记作者相当感兴趣的话题。聂鲁达在他的回忆录里闪烁其词地说这是个很难回答的问题。这些诗篇所指涉的女子主要有两位，或许可将她们称作玛丽索尔（Marisol）和玛丽松布拉（Marisombra）。Marisol 是西班牙文 mar y sol 的组合，意思是“海洋与太阳”，她是聂鲁达在家乡特木科西边的萨韦德拉港度假时结识的女孩，仿佛是自森林蹦出的自然景物，有着薄荷的气味，蕨类般的头发。他曾在潮湿的沙滩上写下两人的名字，做成告示牌的形状，公开却又秘密地向世界宣告他们恋爱了。这段恋情在聂鲁达到圣地亚哥读大学之后还持续了一段时间，1922 年到 1924 年间，聂鲁达写了许多封信给她，并在放假的时候回乡探望她，而她也曾到圣地亚哥和他见面。不过，最后因为地理上的距离、社会地位的差距和女方父母的反对，他们的恋情没能继续。这样的结果让聂鲁达伤痛不已，他久久无法忘怀她深邃的眼睛，乌亮的秀发，黝黑的皮肤，开朗的笑容，以及她曾经带给他的充满阳光的欢乐和活力。聂鲁达的密友泰特尔鲍姆（Volodia Teitelboim）在他所写的传记《聂鲁达》（*Neruda*）中透露第 3、4、7、8、11、12、14、17、20 首情诗以及《绝望的歌》的灵感来源即是聂鲁达称为玛丽索尔的特雷莎（Teresa Leon）——在 1964 年出版的《黑岛的回忆》里，聂鲁达称她为特露莎（Terusa）。泰特尔鲍姆说他鲜少读到如此忠诚地怀念旧爱的诗作："特露莎，即使在遗忘中也是无法抹灭的。"特雷莎在与聂鲁达分手之后，始终珍藏着聂鲁达写给她的那些诉说思念、爱恋与苦楚的情书；二十五年之后，她才与一个小她二十岁的打字机修理技师结婚。聂鲁达第 20 首情诗里的名句或许也正是特雷莎的内心写照："如今我确已不再爱她。但也许我仍爱着她。/爱是这么短，遗忘是这么长。"

另一位聂鲁达称为玛丽松布拉的女孩本名叫作阿尔贝蒂娜（Albertina Rosa Azocar），是聂鲁达在圣地亚哥读大学时的同班同学。Marisombra 是西班牙文 mar y sombra 的组合，意思是"海洋与阴影"。从聂鲁达给她取的名字可知她的个性特质和玛丽索尔是不同的；她内向沉默且带有几分忧郁的气质。他们一起上法国文学、法文文法和拉丁心理学等课程，下课后聂鲁达时常送她回到她与哥哥所寄宿的住处。由于她和聂鲁达都来自智利南部的省份，因此在九月和十二月学校放假时，他们通常一起搭火车到圣罗森多，然后再各自返家。但是一年之后，阿尔贝蒂娜听从父亲的安排，转学到家乡洛塔附近的康塞普西翁大学修习法文，聂鲁达则仍留在圣地亚哥。两地相隔三百英里，聂鲁达只能拼命写信，用文字抒发心中的苦闷、孤寂和想念。然而，阿尔贝蒂娜往往隔很久才回一封很简短的信，而且时间越隔越久，信件越来越短，到最后甚至全无回音。阿尔贝蒂娜的冷淡和冷漠并未浇息聂鲁达对她热烈的爱，在 1921 年到 1932 年间，聂鲁达总共写了一百一十多封信给她。1927 年，聂鲁达被任命为驻仰光领事，人生地不熟的环境让他感到前所未有的孤单和寂寞，对阿尔贝蒂娜的思念也因此更为强烈。他多次写信央求她到仰光与他结婚，却久久等不到她的回信，失望与愤怒的聂鲁达在忍无可忍之下写信要求对方销毁他的信件并退还他的照片。后来有人问阿尔贝蒂娜在献给她的情诗中哪几首是她的最爱，她轻描淡写地不做正面答复："最广为流传的是'沉默'那首。他写过好几首给我，但我已不记得是哪些了。那是好久以前的事了。”然而，在聂鲁达所写的几本诗集里，譬如《霞光》、《二十首情诗和一首绝望的歌》和《地上的居住》，阿尔贝蒂娜始终占据重要的位置。诗人的诗作风格改变了，但不变的是对逝去的爱情难以忘怀，对真心付出却没有回报的爱的煎熬久久无法释怀。透过文字，聂鲁达得以释放长年禁锁在心灵钟瓶里的精灵，在诗歌里找到救赎的力量。

聂鲁达在五十岁的时候说第3、4、6、8、9、10、12、16、19和20首是为玛丽索尔（特雷莎）所作；其余十首（即第1、2、5、7、11、13、14、15、17、18首）则是写给玛丽松布拉（阿尔贝蒂娜）的。时间会模糊或混淆记忆，聂鲁达有时候说“灰色的贝雷帽”是玛丽松布拉的，有时又将它戴在玛丽索尔的头上。或许这两个女孩都曾戴过同样的帽子，也或许这两位青春期的恋人早在诗人心中融合为一体。六十五岁时，聂鲁达还说第19首情诗其实是献给玛丽亚·帕罗迪（María Parodi）——他在散发着海洋和忍冬气味的萨韦德拉港所结识的另一名女子。聂鲁达曾这样回答一群渴望知道真相的听众：“我曾答应你们为我写的每一首情诗做出说明，但是多年岁月已流逝。并不是我遗忘了任何人，而是你们能从我给你们的名字当中获得什么？你们能从某道霞光中的一些黑色发丝中得知什么？你们能从八月雨水里的大眼睛得到什么？我要如何向你们诉说你们所不了解的我的内心世界？让我们坦诚相待，我从未说过一句不诚恳的情话，也无法写出一句不真实的诗句。”诚如聂鲁达所说，情诗为谁而作，并不重要，重要的是情诗里所流露出的动人情意。我们应该感谢这些曾经出现在聂鲁达生命中的女人，因为她们不同的个性特质让聂鲁达的爱情体验如此浓烈，如此多姿，也让聂鲁达在日后频频回望这些记忆，并自其中汲取创作养分。

年轻时饱受情伤之苦写出《二十首情诗和一首绝望的歌》的聂鲁达对爱情未曾绝望，因此我们读到了他在半百之龄所写的《船长的诗》（1952）和《一百首爱的十四行诗》（1959）。在这些诗里，爱情告白的对象不同了，写作风格不同了，面对爱情和生命的态度不同了，但聂鲁达对爱情的浪漫与憧憬依旧年轻。

二、小我与大我之爱：《船长的诗》

1995 年上映的电影《邮差》（*Il Postino*）讲述了流亡国外的聂鲁达和意大利某小岛上一名邮差之间的动人情谊。这个名叫马里奥的年轻人，受雇为聂鲁达的私人信差，也因此有机会结识诗人，进而走入诗的世界；聂鲁达的诗作以及政治理念，像一根根透明的丝线，穿行于马里奥的生活和思想,从此他的人生有了重大的改变。这部影片不但获得了包括“最佳外语片”在内的多项奥斯卡金像奖提名，也唤起了世人对聂鲁达的怀念和兴趣,更掀起了重读聂鲁达的热潮。唱片公司出版的电影原声带里，还特别加进十四首聂鲁达的诗作，请到了斯汀、麦当娜、朱莉娅·罗伯茨、安迪·加西亚等名人来朗诵。这十四首诗中，多半是情诗，透过聆赏，我们重温了聂鲁达情诗里知性和感性的交融，爱之喜悦与现实阴影的追逐，以及美丽与哀愁的对话。

《邮差》的背景应在二十世纪五十年代。陪着流亡中的聂鲁达悠游地中海岛上的那位女士，是后来成为他第三任妻子的玛蒂尔德·乌鲁蒂亚（Matilde Urrutia）。1949 年，和玛蒂尔德重遇并开始秘密恋情后，聂鲁达和第二任妻子卡里尔（Delia del Carril）仍维持着婚姻关系，那些日子只能和玛蒂尔德偷偷幽会，饱受相思之苦。据说他几乎每天都写情诗给玛蒂尔德，这些诗作的一部分于 1952 年结集成册，在意大利那不勒斯匿名出版（只印了五十册），名为“船长的诗”。1953 年，阿根廷的出版社将之重新发行，多次再版，成为畅销诗集。这本诗集以简单、直接、强有力的笔法，呈现他给玛蒂尔德的蜜语和怨语。电影原声带里麦当娜念的那首《如果你将我遗忘》，即出自这本情诗集。

聂鲁达一生总共结婚三次。第一次是在1930年，担任驻爪哇巴达维亚领事时，对象是荷兰裔爪哇女子哈格纳尔（María Antonieta Hagenaar）。二十六岁的聂鲁达写了一封家书告知他父亲："我觉得她样样完美，我们事事快乐……从今起，你不必担心你的儿子在遥远他乡会觉得孤单，因为我已找到一位将与我白头偕老的伴侣……"这段婚姻只维持到1936年。

1934年，聂鲁达奉派驻西班牙，在马德里结识大他二十岁的卡里尔，彼此一见钟情。卡里尔的父亲是阿根廷富有的牧场主，她曾嫁给一个纨绔子弟，过了一段荒唐糜烂的生活，遇见聂鲁达时已是一名广识毕加索、阿拉贡等画家诗人，政治嗅觉敏锐，机灵迷人，好客也好斗的共产党员。她很快成为聂鲁达的导师、母亲兼恋人。她主动搬进他家，鸠占鹊巢，逼退原配。两人于1943年在墨西哥举行了一场不为智利法律所承认的婚礼。

聂鲁达与玛蒂尔德初遇于1946年智利总统大选期间，在森林公园户外音乐会中因友人介绍而认识。聂鲁达几乎忘了这次邂逅，玛蒂尔德却对之难以忘怀。1949年2月聂鲁达开始流亡，经阿根廷至法国、苏联、波兰、匈牙利。8月至墨西哥，染静脉炎，养病期间再遇玛蒂尔德。她原在圣地亚哥音乐学院做歌手，后离开前往好几个拉丁美洲国家做巡回演唱，曾在秘鲁拍过一部电影，在阿根廷和墨西哥当过电台歌手，最后定居在墨西哥，办了一所音乐学校。辗转重逢的诗人与歌手如是开始了秘密的恋情。为了与诗人在一起，玛蒂尔德必须躲在暗处，随聂鲁达、卡里尔夫妇做平行旅行。1952年的意大利之旅，让两人恣意地度过了一段愉快时光。在卡布里岛，聂鲁达完成了《船长的诗》，如前所述，匿名出版于那不勒斯。这是对玛蒂尔德的爱情告白，但出于对结发多年的卡里尔的情感考虑，迟至1963年他才承认是此书作者。

在以聂鲁达之名重出的此诗集序言里，他写道："有许多人讨论此书匿名出版的问题。我也进行过自我辩论，考虑是否将之自私密的源头取出：揭露来源形同让其隐秘的身世曝光。在我看来，这样的举动对狂烈的爱情与愤怒，对创作时忧伤却炽热的氛围，似乎有欠忠诚。我认为，就某些角度而言，所有的书都应该匿名出版。究竟该将我的名字抽离我所有的著作，还是将之交还这本最神秘的著作，我在其间犹疑，最后，我屈服了，虽然不太乐意。为什么长久以来我对此事秘而不宣？毫无理由却也理由充分，为了这，为了那，为了不合宜的欢乐，为了异国的磨难。当巴勃罗·里奇这位有见识的朋友于 1952 年在那不勒斯首次印行此书时，我们以为他极细心筹划的这几册书会在南方的沙地消失无踪。结果不是那样。现在众人要我揭开秘密，让它成为永恒之爱的存在标记。我如是呈现此书，不做任何进一步的解释，它仿佛是我的作品，也仿佛不是：它应该能够自行穿越这世界并且独力生长，这样就够了。既然我承认了它，我希望它愤怒的血液也会承认我。”

《船长的诗》共有四十二首诗（包括收于前四辑“爱”、“欲”、“怒”、“生”里的三十九首较短的诗，以及压卷的三首较长的诗），虽是聂鲁达写给玛蒂尔德的情诗集，但其营造出的情感氛围和其述说的语气颇为繁复多样：时喜时怒，时刚时柔，时而甜蜜时而怨怼，时而恳切时而焦躁。在诗集《西班牙在我心中》（*España en el corazón*）和《一般之歌》中，义愤、激情填膺，以众生、“大我”为己任的聂鲁达，写出充满社会、政治关怀的“大爱”之诗，也写出诅咒佛朗哥独裁政权与恶势力的“大恨”之诗；在《船长的诗》中，我们读到以温柔深情和华美想象歌颂女人的身体与性爱的“小爱”情诗（《大地在你里面》、《王后》、《陶工》、《昆虫》、《失窃的树枝》等都是佳例），也读到因嫉妒、误解或怀疑所引发之带有怒意、怨恨和憎恶的“小恨”情诗。譬如，在《偏离》一诗中，他以冷酷、恫吓的语气道出背离他的爱人可能沦落的凄凉下场：脚会被砍断，手会烂掉，虽生犹死；在《永远》一诗中，他语带挑衅地宣称：不管爱人曾经有过多少次情爱经验，他都不嫉妒，他会将她过去的历史溺毙河里，抛诸大海，往后她只能永远专属于他，他们将“在大地上／开始生活”（像亚当和夏娃一样），建立全新的爱情生活。青春期因失恋而黯然神伤的少年聂鲁达，此刻是占有欲高涨、霸气十足的中年男子。

聂鲁达在《船长的诗》里不时展现此种“大男人主义”姿态——以男性自我为中心，另一种形式的“大我”。在《秃鹰》一诗中，他是盘旋空中的秃鹰，猛然将爱人叼起，要她随他狂野飞行；在《虎》一诗中，他对爱人说他是潜伏于森林、水域的老虎，伺机“以火、／血、牙的一跃，／伸爪一击，我撕下／你的胸脯，你的臀部。／／我饮你的血，逐一／折断你的四肢”。在他笔下，两性关系俨然是猎人与猎物的关系，身为男性的他充满着操控和驾驭的欲望。不管在爱情的路上或生命的途中，他都是强势的领导者，他要爱人改变原本的自我，追随他的价值：“你必须改变心思／和视野，／在接触到我胸膛给予你的／深沉海域之后……／／我的新娘，你必须／死去再重生，我等候着你……/ 从不受我爱慕的人／蜕变为我衷心爱慕的全新女子”（《你来》）；“可人儿啊，请接受／我的忧伤和愤怒，／容许我敌意的双手／对你稍事破坏，／好让你自黏土再生／为我的奋斗被重新打造”（《伤害》）。因为他亲吻爱人的嘴肩负了更神圣的使命——替沉默的众生发声，他要拥抱的不仅是小个子的爱人，更是饱受苦难的众生。

青春期的聂鲁达喜欢用大自然的意象歌赞蕴含无穷魅力、展现多样风情的女人的身体，一如我们在《二十首情诗和一首绝望的歌》中所读到的。写作《船长的诗》的中年聂鲁达依然以纯熟的技巧让女人的身体与自然交融出动人的风情，但此时他感受到的不再只是恋人的体肤，而是掺杂了“辽阔的祖国”的形象色泽，添进了“泥味”的爱情的滋味。他放大了情诗的格局，将视野自两个人的肉体版图和爱情小宇宙，扩大成为纳入了“土地和人民”之疆域的大宇宙（《小美洲》）。在许多首诗里，他让爱情（个人的情欲经验）和革命（集体的国族意识）这两个主题产生了微妙的链接。在《美人》一诗中，他在歌赞爱人形体之美后，写道：“你的眼睛里有国家，／有河流，／我的祖国在你的双眼里，／我走过它们，／它们照亮我／行走的世界”；在《你的笑》一诗中，他说爱人的微笑会“在最黑暗的时刻／绽开”，成为他战斗时手中“清新的剑”，他要她的笑容像花朵一般绽放在他“回声四起的祖国”。聂鲁达的爱人除了是性爱的伴侣，心灵的寄托，更是他投身革命的动力，是与他并肩为社会正义奋战的同志。在《船长的诗》里，我们听到了在大我之爱与小我之爱之间回荡的恋人的声音，恋人肉体梦土上吟唱的是和革命之梦同调的共和国赞歌。

《船长的诗》里有不少诗很明显是《一百首爱的十四行诗》里某些诗作的前奏或序奏，我们也可以将《一百首爱的十四行诗》里的许多诗作视为《船长的诗》中某些主题的变奏或发展、再现。譬如颂赞玛蒂尔德是“我的黑妞和我的金发女郎，／我的高个儿和我的小个儿，／我的胖女孩和我的瘦女孩，／我的丑人儿和我的美人儿”的《多变者》一诗，到了《一百首爱的十四行诗》就变奏为第20首的“我的丑人儿，你是一粒未经梳理的栗子，／我的美人儿，你漂亮如风，／我的丑人儿，你的嘴巴大得可以当两个，／我的美人儿，你的吻新鲜如西瓜”；在《你的手》一诗中，聂鲁达说爱人的手“飞越时间而来……／当你将／你的手放在我胸口，／我认得那些金色／鸽子的翅膀”，“在我这一生／我四处寻找它们……／木材突然／带给我你的触感，／杏仁向我宣告／你秘密的柔性，／直到你的手／收拢于我的胸前，／在那里像两只翅膀／结束它们的旅程”，而在《一百首爱的十四行诗》第35首里发展为“你的手自我的眼睛飞入白昼”，“轻触叮当作响的音节，轻触／杯子，盛满黄油的油壶……”，“等傍晚到临。夜悄悄地将它的天舱／置于男子睡梦的上方”，“……你飞翔的手又飞了回来，／合上我原本以为不知去向的羽翼，／在被黑暗吞噬的我的眼睛上方”；《不只火》一诗中，“与肥皂和针线为伍，

／散发出我喜爱的／厨房（虽然我们可能无法拥有）／的气味，你的手炸着薯条，／你的嘴在冬日歌唱／等待烤肉出炉……”的“日常的小妻子”，在《一百首爱的十四行诗》第38首里再现为“……屋子听似一列火车，／蜜蜂嗡嗡叫，锅子在歌唱”，“上楼，唱歌，奔跑，行走，弯腰，／种植，缝纫，烹饪，锤打，写字……”的忙碌的主妇。

在《亡者》一诗中，聂鲁达对爱人表示“如果突然间你不存在，／如果突然间你不在世，／我将活下去”，因为他还有重责大任，他入狱的兄弟们，他的革命同志和“伟大的胜利”在等着他，而在《一百首爱的十四行诗》第89首里他反过来对爱人说“当我死时，我要你把手放在我的眼睛上：／我要你可亲双手的光与麦／再次将其清新传遍我身：／我要体会改变我命运的那份温柔。／／我要你活着，当我睡着等你。／我要你的耳朵仍然倾听风声……”，在第90首里他说“我想象我死了，感觉寒冷逼近，／剩余的生命都包含在你的存在里：／你的嘴是我世界的白日与黑夜，／你的肌肤是我用吻建立起来的共和国”——在《船长的诗》里视自己为“人中之杰”，不时惦记着自己伟大革命志业，对枕边恋人晓以“大义”的斗士聂鲁达，到了《一百首爱的十四行诗》里，选择体会爱情的温柔，让激情的呼喊变成自足恬静、欢喜甘愿的恋人絮语，让用诗、用吻建立的恋人肌肤阴柔的共和国，取代用笔枪字弹、用雄心打出的天下。

三、光与阴影并治的爱的共和国：《一百首爱的十四行诗》

电影《邮差》原声带里名人们念的诗，有三首出自《二十首情诗和一首绝望的歌》，一首出自《船长的诗》，作为始末的则是《一百首爱的十四行诗》中的两首（第27首和第81首）。最后这本是聂鲁达公开题献给玛蒂尔德的情诗集。

1952年8月聂鲁达结束流亡返回智利。他在智利有三处住所：一在圣地亚哥的林奇街，他与卡里尔同住；一在圣地亚哥的普罗维登西亚，是他与玛蒂尔德的住所；一在圣地亚哥之北，智利中部太平洋滨的小村落黑岛。黑岛本为一未开发地区，仅有三户人家，1939年，聂鲁达在此购买了一间简陋的面海的石头房子，大发奇想，称此地为“黑岛”，但它既不是岛，颜色也非黑色。他轮流与卡里尔和玛蒂尔德同居于此，居然不曾被卡里尔识破，直到有一天女管家向卡里尔透露实情，七十岁的卡里尔遂毅然求去。1953年，聂鲁达开始建造他在圣地亚哥的房子“查丝蔻纳”（La Chascona）。1955年，与卡里尔离异的聂鲁达结束了恼人的双重生活，和玛蒂尔德搬进新屋“查丝蔻纳”同住，一直到1973年他去世为止。他们曾在国外结婚，但直到1966年10月才在智利举行婚礼，完成合法手续。

聂鲁达与玛蒂尔德曲折的爱的旅行，负载着光，也负载着阴影。《一百首爱的十四行诗》出版于1959年，自然是他与玛蒂尔德爱情的记录与信物。但比诸古典大师——譬如西班牙的克维多、贡戈拉，意大利的彼得拉克，英国的莎士比亚——所作，聂鲁达的十四行诗大多未依循传统骨架。传统十四行诗对韵脚的讲求，对格律的设计，强化了十四行诗情感的密度与辩证的张力。聂鲁达的十四行诗则每每松弛如一段散文，结构开放，思绪自然流动，发展。如他在书前献辞所言：“我深知自古以来诗人们早就从各个面向，以优雅出众的品位，为十四行诗营造出像白银、像水晶、像炮火一样的声韵；然而，我十分谦卑地，以木头为质料创作这些十四行诗，赋予它们那不透明的纯粹物质的音响，传送到你耳边……”这些诗是木头的，是质朴的，然而诗人说话的声音却自有一种黏合的力量，将这些诗行结构成完整的有机体——一间间包容诗人广博、游动的情思，“以十四块厚木板”搭盖起来的爱的小屋。

五十多岁的聂鲁达在历经社会及政治沧桑之后，终于在对玛蒂尔德的爱里找到了歇脚的地方：

亲爱的，我自旅行和忧伤归来
回到你的声音，回到你飞驰于吉他的手，
回到以吻扰乱秋天的火，
回到回旋天际的夜。

我为天下人祈求面包和主权，
为前途茫茫的工人，我祈求田地，
但愿无人要我歇止热血或歌唱。
然而我无法弃绝你的爱，除非死亡到来。

就弹一首华尔兹歌咏这宁静的月色吧，
一首船歌，在吉他的流水里，
直到我的头低垂，入梦：

因我已用一生的无眠织就
这树丛中的庇护所——你的手居住、飞扬其间
为睡眠的旅人守夜。
(第 80 首)

虽然聂鲁达在这些十四行诗里时而展露欢颜，时而动情地歌赞，但是绝少绽放出清朗的微笑，甜美满足之中总夹杂着几分苦涩与寂寥。他认为爱情有时候“是一座疯狂城市，／门廊上挤满了面色惨白的人们”，有时候像一股巨浪，会将恋人们“推向坚硬的石头轰然碎裂”，将他们磨成粉末，有时候又“拖着痛苦的尾巴，／一长列静止的荆棘之光”，因为现实的阴影无时无刻不盘踞在爱情的背后奸险窃笑：

恶毒的脚步声尾随着我，
我笑，可怖的鬼脸模拟我的面容，
我歌唱，嫉妒咬牙切齿地诅咒我。

而那是，爱人啊，生命给予我的阴影：
一套空荡荡的衣服，一跛一跛地
追逐我，仿佛露出血腥微笑的稻草人。
（第 60 首）

但爱情尽管苦涩，却是带领恋人们飞出阴影的一对翅膀，是将混乱扰攘的世界屏弃门外的秘密城堡，是开启被阴影关闭之门的唯一钥匙，是唯一可与死亡、挫折、孤寂等人世黑暗相抗衡的力量：

……在我们忧患的一生，爱只不过是
高过其他浪花的一道浪花，
但一旦死亡前来敲门，啊，

就只有你的目光将空隙填满，
只有你的清澄将虚无抵退，
只有你的爱，把阴影挡住。
（第 90 首）

这本情诗集绝非一面倒的对爱情的歌颂，光与阴影在其中颉颃角力，相辩相成。对生命苦乐参半本质的深刻认知，赋予了聂鲁达情诗更丰富的质地，更繁复的色泽。虽然在某些时刻，他的爱情是荆棘丛中的玫瑰，是忧郁的岛屿，是孤寂的屋里疼痛的窗口，是掉入甜美的忧伤，是，充其量，缓缓长河脉动中的一滴水；但在更多时候，他的爱情是永不熄灭的火光，是无法折断的纤细荆棘，是穿过生命之树的奢华光芒，是抛扔于冰凉生命枝叶间的火。

一百首爱的十四行诗，是一百次网罟撒向大海，企图打捞爱的鱼苗；是一百只触角伸向未来，企图向时间追讨永恒；是一百次巨浪拍岸，将诗人卷入汹涌险恶的现实，又将疲惫的他送回岸上——而玛蒂尔德正是守候在岸边的柔软温润的草地。

一如他前两本情诗集《二十首情诗和一首绝望的歌》与《船长的诗》，聂鲁达在这本十四行诗集里大量使用与自然界有关的意象描写女人的身体，将玛蒂尔德化为纷乱人世里美好秩序的象征，一股安定灵魂的力量。她是大地，是结实累累的果树，是饱满的苹果，是芬芳家国的泥土和树脂，是熟稔的黑黏土，是野地的小麦；她是音乐、时间、雨树，是沙子、木头，布，是琥珀、玛瑙，是边界、河流、小村落，是透明的桃子，是溢出酒香的酒窖；她是生活，是芬芳的月亮所揉制的面包，她的额头、腿和嘴是被他吞食、随晨光而生的面包，她是面包店的旗帜，是他的灵魂每日的面包；她是美的化身，她赤裸的身体是月亮的线条，是苹果的小径，纤细如赤裸的麦粒，辽阔澄黄如夏日流连于金色的教堂，蔚蓝如古巴的夜色，藤蔓和星群在她发间驻留；她是人间最动人的风景，她穿山越岭，像一阵微风，像湍急的水流自雪下滴落，是纠缠的藤蔓所统领的丘陵地，是荒凉的银灰色大草原。她结合了水和大地的深沉本质，纯净如水又富含土香，使浪潮满涨，种子鼓胀——如同阴影跟随光，她是他存在的最佳理由。

《一百首爱的十四行诗》分为早晨、中午、傍晚和夜晚四部分，季节变动的光影，死与生的形貌，爱之喜与悲的色泽，不断闪现其中。这是诗人一日之作息，也是一生之作息。它是十四行诗历史上的一个里程碑，不仅再次让读者见证聂鲁达满溢的创作才气，也为逐渐枯干、僵化的古老诗体，注入了新生的气息。它神奇地将最屈从、最封建的诗体（十四行诗里常可见为讨赞助者欢心的骑士似的克己无私以及殷勤恭维）转变为一个丈夫日常作息、悲苦、隐私、忧思的备忘录。它将一度忽而羞怯、忽而冷酷的情人，从中世纪城堡的高塔，带进以“蜡，酒，油，／／大蒜”为武器，以“杯子，盛满黄油的油壶”以及汤勺、镰刀、肥皂泡为盔甲的厨房，听着她“上楼，唱歌，奔跑，行走，弯腰，／种植，缝纫，烹饪，锤打，写字……”。

聂鲁达的十四行诗融合了优雅与拙朴，永恒与当下，让爱与死，光与影共同执政。

我们在大学期间，为了阅读西班牙语诗歌，一起修习了西班牙语。陈黎在 1978 年至 1979 年间，着手编选、翻译一本《拉丁美洲现代诗选》，陆续发表了一些聂鲁达诗的中译。1981 年，我们翻译了一本《聂鲁达诗集》，收于台湾远景出版社“诺贝尔文学奖全集”里。1989 年，我们中译的、厚六百余页的《拉丁美洲现代诗选》出版。后又合译、出版了几本聂鲁达诗作。我们很高兴受新经典文化公司之邀，又新译了《船长的诗》，并修订了旧译《二十首情诗和一首绝望的歌》与《一百首爱的十四行诗》，合三本经典情诗集于一帙，让作为聂鲁达粉丝兼译者的我们有一种受宠若惊的曼妙的奢侈感。聂鲁达的情诗有多曼妙，多奢侈？眼尖嘴挑的读者们，一试便知。

陈黎　张芬龄

2023 年 8 月，台湾花莲

巴勃罗·聂鲁达年表

1904年　7月12日，出生于智利中部的农村帕拉尔。本名里卡多·埃利塞尔·内夫塔利·雷耶斯·巴索阿尔托（Ricardo Eliécer Neftalí Reyes Basoalto），父为铁路技师，母为小学教师。8月，母亲去世。

1906年　随父迁居到智利南部边境小镇特木科。

1914年　写了个人最早的一些诗。

1917年　投稿特木科《晨报》（*La mañana*），第一次发表文章。

1920年　10月，确定以巴勃罗·聂鲁达（Pablo Neruda）为笔名发表作品。

1921年　离开特木科到圣地亚哥，入智利大学攻读教育学和法文。诗作《节庆之歌》（“La canción de la fiesta”）获智利学生联合会主办的诗歌比赛一等奖。

1923年　第一本诗集《霞光》（*Crepusculario*）出版。

1924年　诗集《二十首情诗和一首绝望的歌》（*Veinte poemas de amor y una canción desesperada*）出版。

1926年　诗集《无限人的试炼》（*Tentativa del hombre infinito*）出版。

1927年　任驻缅甸仰光领事。

1928年　任驻斯里兰卡科伦坡领事。

1930年　任驻爪哇巴达维亚领事。12月6日，与荷兰裔爪哇女子哈格纳尔结婚。

1931年　任驻新加坡领事。

1932年　经过逾两个月之海上旅行回到智利。

1933年　诗集《地上的居住·第一部》(*Residencia en la tierra, I*, 1925 – 1931)在圣地亚哥出版。8月，任驻阿根廷布宜诺斯艾利斯领事。10月，结识西班牙诗人洛尔卡。

1934年　任驻西班牙巴塞罗那领事。女儿玛丽娜出生于马德里。翻译英国诗人威廉·布莱克的作品《阿比昂女儿们的幻景》("Visions of the Daughters of Albion")和《精神旅游者》("The Mental Traveller")。结识大他二十岁的卡里尔。与西班牙左翼诗人阿尔维蒂交往。

1935年　任驻西班牙马德里领事。《地上的居住·第一及第二部》(*Residencia en la tierra, I y II*, 1925 – 1935)出版。编辑出版前卫杂志《诗的绿马》(*Caballo Verde para la Poesía*)。

1936年　西班牙内战爆发。诗人洛尔卡遭暗杀。开始写作诗集《西班牙在我心中》(*España en el corazón*)，记录对西班牙内战的体验。被解除领事职务，往巴伦西亚与巴黎。与哈格纳尔离异。

1937年　10月，回智利。《西班牙在我心中》出版。

1938年　父亲去世。

1939年　西班牙第二共和国垮台。被派至法国，担任负责西班牙难民迁移事务的领事。诗集《愤怒与哀愁》(*Las furias y las penas*)出版。

1940年　被召回智利。8月，任驻墨西哥总领事。

1942 年　女儿玛丽娜病逝欧洲。

1943 年　9 月，启程回智利，经巴拿马、哥伦比亚、秘鲁诸国。10 月，访秘鲁境内之古印加废墟马丘比丘高地。11 月，回到圣地亚哥，开始活跃于智利政坛。与卡里尔在墨西哥结婚。

1945 年　当选国会议员。加入智利共产党。

1946 年　在智利森林公园户外音乐会中初识玛蒂尔德。

1947 年　诗集《地上的居住·第三部》（*Tercera residencia, III, 1935 – 1945*）出版。开始受到智利政府的迫害。

1948 年　2 月起，为躲避通缉，开始了在智利的藏匿生活。

1949 年　智利共产党被当局宣告为非法。2 月 24 日，开始流亡。经阿根廷至法国、苏联、波兰、匈牙利。8 月，至墨西哥，染静脉炎，养病期间重遇玛蒂尔德，两人开始秘密的恋情。

1950 年　诗集《一般之歌》（*Canto general*）在墨西哥出版，这是历 12 年完成的伟大史诗，全作厚 468 页，15000 行，共 15 章，包括名篇《马丘比丘之巅》（“Alturas de Macchu Picchu”）和《伐木者醒来吧》）（“Que despierte el leñador”）。访问危地马拉、捷克斯洛伐克、法国、意大利、印度、波兰。与毕加索等艺术家同获国际和平奖。

1951 年　周游意大利。赴巴黎、莫斯科、布拉格、柏林。经蒙古人民共和国到达中国，在北京代表世界和平理事会颁发国际和平奖给宋庆龄。

1952 年　在意大利停留数月。诗集《船长的诗》（*Los versos del capitán*）在那不勒斯匿名出版。智利解除通缉令。8 月，回到智利。

1953 年　定居黑岛——位于智利中部太平洋滨的小村落，专心写作。开始建造他在圣地亚哥的房子“查丝蔻纳”（La Chascona）。

1954年　旅行东欧与中国归来，诗集《葡萄与风》(*Las uvas y el viento*)、《元素颂》(*Odas elementales*)出版。

1955年　与卡里尔离异。与玛蒂尔德搬进新屋“查丝蔻纳”。访问苏联、中国及其他社会主义国家，以及意大利、法国。回到拉丁美洲。

1956年　诗集《元素颂新集》(*Nuevas odas elementales*)出版。回到智利。

1957年　诗集《元素颂第三集》(*Tercer libro de las odas*)出版。

1958年　诗集《狂想集》(*Estravagario*)出版。

1959年　诗集《航行与归来》(*Navegaciones y regresos*)、《一百首爱的十四行诗》(*Cien sonetos de amor*)出版。

1961年　诗集《智利之石》(*Las piedras de Chile*)、《典礼之歌》(*Cantos ceremoniales*)出版。

1962年　《回忆录：我承认我曾历尽沧桑》(*Confieso que he vivido: Memorias*)连载于巴西《国际十字》杂志。诗集《全力集》(*Plenos poderes*)出版。

1964年　7月，5卷自传体诗集《黑岛的回忆》(*Memorial de Isla Negra*)出版，纪念60岁生日。

1966年　10月28日，完成与玛蒂尔德在智利婚姻合法化的手续。诗集《鸟之书》(*Arte de pájaros*)、《沙上的房子》(*Una casa en la arena*)出版。

1967年　诗集《船歌》(*La barcarola*)出版。发表剧本《华金·穆里叶塔的光辉与死亡》(*Fulgor y muerte de Joaquín Murieta*)。

1968年　诗集《白日的手》(*Las manos del día*)出版。

1969年　诗集《世界的末端》(*Fin del mundo*)出版。

1970年　诗集《天上之石》(*Las piedras del cielo*)、《炽热之剑》(*La

espada encendida）出版。

1971 年　任驻法大使。10 月 21 日，获颁诺贝尔文学奖。

1972 年　诗集《无果的地理》（*Geografía infructuosa*）出版。

1973 年　发表诗作《处死尼克松及赞美智利革命》（“Incitación al Nixonicidio y alabanza de la revolución chilena”）。9 月 11 日，智利海军、陆军相继发动政变，聂鲁达病卧黑岛，生命垂危。总统府拉莫奈达宫被炸，阿连德被杀。9 月 23 日，聂鲁达病逝于圣地亚哥的医院，享年 69 岁。他的葬礼变成反抗军人政府的第一场群众示威，他在圣地亚哥的家被闯入，许多书籍文件被毁。诗集《海与铃》（*El mar y las campanas*）、《分离的玫瑰》（*La rosa separada*）出版。

1974 年　诗集《冬日花园》（*Jardín de invierno*）、《黄色的心》（*El corazón amarillo*）、《二〇〇〇》（*2000*）、《疑问集》（*El libro de las preguntas*）、《哀歌》（*Elegía*）、《精选的缺陷》（*Defectos escogidos*）出版。《回忆录：我承认我曾历尽沧桑》出版。

陈黎　张芬龄　编

图书在版编目（CIP）数据

二十首情诗和一首绝望的歌 /（智）巴勃罗·聂鲁达著；陈黎，张芬龄译．-- 2 版．-- 海口：南海出版公司，2023.11

ISBN 978-7-5735-0552-1

Ⅰ．①二… Ⅱ．①巴… ②陈… ③张… Ⅲ．①诗集－智利－现代 Ⅳ．①I784.25

中国国家版本馆 CIP 数据核字（2023）第 147700 号

著作权合同登记号 图字：30-2014-030

二十首情诗和一首绝望的歌
〔智利〕巴勃罗·聂鲁达 著
陈黎 张芬龄 译

出　版 南海出版公司 (0898)66568511
海口市海秀中路 51 号星华大厦五楼 邮编 570206
发　行 新经典发行有限公司
电话 (010)68423599 邮箱 editor@readinglife.com
经　销 新华书店

责任编辑 侯明明
特邀编辑 陈方骐 梅 清 吕宗蕾 周雨晴
营销编辑 金子茗 陈歆怡 郑博文 王蓓蓓
装帧设计 韩 笑
内文制作 田小波

印　刷 河北鹏润印刷有限公司
开　本 850 毫米 ×1092 毫米 1/32
印　张 10
字　数 82 千
版　次 2014 年 6 月第 1 版 2023 年 11 月第 2 版
印　次 2024 年 10 月第 2 次印刷
书　号 ISBN 978-7-5735-0552-1
定　价 59.00 元